SOPHIE REYER

DIE FREIHEIT DER FISCHE

Roman

GEGRÜNDET
1999

Sophie Reyer

DIE FREIHEIT DER FISCHE

Roman

Czernin Verlag, Wien

Gedruckt mit Unterstützung der Kulturabteilung der Stadt Wien

Reyer, Sophie: Die Freiheit der Fische / Sophie Reyer
Wien: Czernin Verlag 2019
ISBN: 978-3-7076-0659-1

Lektorat: Evelyn Bubich
Satz, Umschlaggestaltung: Mirjam Riepl
Coverbild: Biodiversity Heritage Library / A history of the fishes of the British Islands
Autorinnenfoto: Konstantin Reyer
Druck: Christian Theiss GmbH
ISBN Print: 978-3-7076-0659-1
ISBN E-Book: 978-3-7076-0660-7

für Herta Müller

Der vorliegende Text basiert auf einer wahren Begebenheit.

FRÜHLING

1. Fensterblicke

Im Klassenzimmer muss Jakob sich auf einen hohen Stuhl setzen. Er schlenkert mit den Beinen. Mutter hat ihn vor der Tür abgesetzt. Als verlorener, stummer A-Laut hockt Jakob da. An der Tafel steht eine Frau, die aus einem Buch vorliest. Sie endet mit den Worten:

»Und da wurde aus der Raupe ein wunderschöner Schmetterling.«

Die Frau, die alle Lehrerin nennen, lächelt begeistert. Die Kinder gucken sie mit aufgerissenen Mündern an. Jakob greift mit einer Hand nach dem Stück Holz, das er in seine Tasche gesteckt hat.

»Jakob?«, fragt die Lehrerin.

Er blickt sie an, blickt und blickt, doch da gibt es nur die Strukturen der Rinde, deren Kerben, die seine Finger abtasten. Das Gesicht kommt seltsam nahe, schiebt sich ihm entgegen, da hin, wo Jakobs Loch ist, in der Mitte des Bauches. Jakob schweigt.

Seltsam, denkt die Lehrerin.

Seltsamer Jakob. Sie versteht nicht. Jakob ist ein Kind, dem die Unterscheidung fehlt. Er trennt sich nicht von den Dingen, trennt sich nicht von sich. Ein Kuchen muss gestreichelt werden. Die eigenen Hände kann man essen. Die Anordnung der Eicheln unter dem Baum wird jahrelang im Gehirn gespeichert. Jakob ist jetzt das Holz in der Hand. Ist der Blick der Lehrerin. Sonst nichts. Die Lehrerin seufzt.

»Also, meine Kinder, was haben wir aus der Geschichte gelernt?«

Hugo hebt die Hand.

»Ja?«, fragt die Lehrerin.

»Die Raupe muss sterben.«

»Ja. Die Raupe muss sterben, damit ein Schmetterling entstehen kann. Also, eine Sache stirbt und es entsteht immer eine noch schönere. Ist das nicht toll, Kinder?«

Da platzt der blonde Hans heraus:

»Ich hab aber die Raupe schöner gefunden.«

Alle lachen. Das ist gut, denn Blicke kommen zu nahe. Und Hansl ist gut. Genau wie die Buchstaben. Die Buchstaben sind Charaktere ohne Risse. Kommen nicht zu nahe, wie die Gesichter der Menschen. Jakob malt sie langsam, bedacht. Das bauchige B. Das kuschelige U. Jakob duckt sich in ihre Rillen hinein. Was für ein seltsames, stilles Kind, denkt die Lehrerin. Die Stunde verstreicht. Das Licht taktet den Tag.

Jakob blickt aus dem Fenster. Die Spitzen der Bäume sind fröhlich geworden und der Wind singt. Der Wind ist ein Vogel. Ein Rabe sitzt auf einem Baum, der seinen Schatten in den engen Raum wirft. Jakob beginnt, ein wenig in seiner Stimmlage zu pfeifen.

»Na, Jakob, träumst du schon wieder?«

Er zuckt zusammen.

Die Lehrerin. Ihr Haar fällt in walnussbraunen Locken auf die Schultern, auf der Nase kleine Pünktchen. Pickel, hätte die Mutter gesagt. Jakob schaut nur und schaut. Es ist eine Art zu schauen, die bang macht. Davon weiß Jakob nichts. Aber die Erwachsenen wissen es. Sie zittern. Sie haben keinen Namen dafür. Jakob ist ein Kind ohne Rahmen. Jakob ist ein Es, denkt die Lehrerin. Vor ihr ist er sich fremd. Jakob lächelt nur, und seine Augen klappen nach innen.

Jakob blickt zurück, aber er blickt nicht. Kind als Strom. Jakob treibt in sich selbst als Floß. Seine Fensterblicke sind Finger. Seine Augen zeichnen Arabesken in die Luft, wenn er aus dem Fenster sieht. Er ist dann weit weg. Spielt die

Rituale der Alten nach. Es ist, als hätte er keine Sprache. Es gibt nur ein Wort. Das Wort heißt: Aus. Jakob ist aus. Aus sich heraus. Es gibt ihn nicht, auch wenn er da ist.

»Schlag dein Buch auf«, sagt die Lehrerin.

Und Jakob, der nicht in sich sitzt, sondern als Vogel hinter dem Fenster und als Wind, schlägt fremd das Buch auf. Die Lehrerin nickt.

»Ja«, kommt es aus ihm.

Die Finger blättern. Aber innen bleibt ein Loch. Jakob ist ein Kind ohne Ränder. Nur etwas Wölfisches ist ihm angeboren. Dieses Sich-Wiegen mit dem Wind. Der hinter dem Fenster gerade den Frühling buchstabiert. Ein Fundkind kann nicht kauen, nicht verdauen, was das Außen ihm aufdrückt. Es ist sich selbst abhandengekommen. Es wird von der Welt besessen. Die Lehrerin besitzt es, jetzt, in diesem Moment, in dem sie es ansieht. Und der Himmel. Der Vogel, der sein Bild in das Kind wirft. Es untrennbar mit dem verwebt, was es ist. Jakob.

»Möchtest du lesen?«

Jakobs Mund hechelt. Schnappt nach Luft. Jakob ist ein Fisch. Er blickt auf die Seite, sie verschwimmt vor den Augen, die Struktur des Gesichtes der Lehrerin kommt seltsam nahe.

»A«, dringt es schließlich aus Jakob.

»A.«

Sonst nichts.

Die Lehrerin seufzt.

»Gut, wir üben das noch«, sagt sie ratlos.

Dreht sich ein wenig verloren zu Hans.

»Hans, bitte!«

Der kleine Blonde nickt. Jakob bleibt als großer A-Laut im Raum hängen und baumelt mit dem Blick schon wieder aus dem Fenster, noch den Ausdruck des entsetzten Stockens im Gesicht. Die Dinge sprechen, die Menschen sind Störenfriede in einer Landschaft aus Strukturen, Anordnungen, Kaleidoskopen aus Welt für Jakob. So auch die Lehrerin. Und Hans, der ihn fragend ansieht.

Langsam wandert Jakobs Blick wieder aus dem Fenster und er sieht hinaus. Es ist ein Moment und in diesem gibt es für Jakob nur den Moment, die Vögel, den Strom am Himmel. Allein ein Bauch rettet Jakob vor dem Aus, dem Loch, das er selbst ist. Der Rhythmus ist die einzige Sicherheit: einatmen, ausatmen.

Jakob atmet. Er atmet das A fort, sieht wieder aus dem Fenster und beruhigt sich langsam, während seine Augen dem Flug der Vögel folgen. Seine Augen sind Finger, greifen nach dem Wind. Ratlos betrachtet die Lehrerin ihn aus den Augenwinkeln. Seltsam, denkt sie.

»Als die Welt noch se… sehr … jung … war …«, beginnt Hans zu lesen und seine Wangen röten sich. Jakob hört schon nicht mehr richtig hin. Seine Augen nesteln an den Spitzen des Baumes hinter dem Fenster. Jakob ist ein sich selbst abhandengekommenes Kind.

2. Flugzeugschmerz

Die Heimwege sind einander ähnlich. Das ist gut so, gibt Jakob Sicherheit. Heimweg, das heißt, er läuft neben Hansl her. Hansl, dem Schilf. Dem Strohhaar. Hansl, der mit den Spitzen seiner Haare die Sonne einfängt.

»Die Lehrerin ist eine Maus«, meint Hansl zu Hugo.

Hugo lacht.

»Ja, Hansl.«

Jeder lacht bei Hansl. Jakob tapst ein wenig abseits neben den beiden her. Hansl kickt einen Stein mit der Fußspitze. Springt leichtfüßig über die Brücke am Fluss. Die Brücke, die sich über das große fremde Rauschen spannt. Das Rauschen, in dem die Fische sitzen. Das Rauschen, das Jakob lieb hat.

Plötzlich zerreißt der Himmel. Jakob zuckt. Sein Körper wird von einem heftigen Stoß gebeutelt. Etwas schreit, A, laut. Jakob schreit mit dem Dröhnen, das sich über den Himmel spannt, wieder und wieder. Er duckt sich. Krümmt sich.

»Alles gut?«, fragt Hansl.

Er kniet sich neben Jakob nieder.

Hugo blickt die beiden ratlos an.

»Alles gut?«, wiederholt der Lichtkranz, der ein Hansl ist.

Er streckt die Hand nach Jakob aus, der sich auf dem Boden als Ball zusammengekauert hat. Bis das Dröhnen gewichen ist, bleibt Jakob dieses Dröhnen. Klingt in sich als Schmerz.

»Das war doch bloß ein Flugzeug …«, meint Hugo schließlich.

Stille. Es ist fort. Langsam mutet Jakob sich wieder den Atem zu. Und das Rundherum an Welt. Jakob öffnet die

Augen. Hansls Blond leuchtet ihn an, weht wie Stroh. Licht glitzert in den Strähnen. Langsam wird Jakob zu diesem Licht. Alles gut. Es beruhigt sich. Hansl und Hugo sehen ihn immer noch ratlos an. Sie wissen nichts von dem Raum, der AUS heißt und der Jakob jetzt ist. Ein Aus-sich-heraus-Raum. Keiner versteht, dass Jakobs Ränder sich zu Flügeln umdrehen, weil die Welt zu laut ist. Eine Fratze aus Jetzt und Jetzt und Jetzt. Ein Zuviel an Information. Alle Wege sind anders. Sie werden erinnert. Jede Abweichung hindert den Moment. Manche Klänge stoßen in den Abgrund, sie sind zu laut.

»Es war doch nur ein Flugzeug?«, sagt Hansl schließlich noch einmal.

Er betont es als Frage. Der Satz bleibt im luftleeren Raum stehen.

Jakob aber hört nicht. Jakob verlässt seinen Körper, ganz, gegen die Aufdringlichkeit des Klanges. Er kann sich selbst sehen. Flieg höher, höher, sagt etwas in ihm. Das Glitzern in Jakobs Haar hat ihn zur Sonne hingezogen. Jakob will in das Licht steigen, das diese als Saft über dem Frühlingshimmel auspresst. Dann aber wartet er, ganz oben. Was ist das?

Was ist da? Funkstille in Jakobs Kopf. Ja, das Aus hat ihn in seine Mundhöhle genommen.

Nein, auch dieses Wort ist nicht wahr. Da ist nichts. Eigentlich ist da nichts. Nur dieses Licht.

Als würde es nach Jakob rufen: Aus. Aus. Und doch ist das nicht richtig. Jakob spürt, wie fremde Hände nach ihm greifen. Er muss höher steigen, denkt er. Das Licht ist so hell, dass es wehtut. Jakob fällt.

Als Jakob nach Hause kommt, möchte die Mutter sofort wissen, was geschehen ist. Hansl und Hugo wissen nicht recht. Wie sollen sie es erklären?

»Da war ein Flugzeug«, murmelt Hugo.

»Und da ist Jakob … also der hat geschrien«, versucht Hansl zu erklären.

»Und danach ist der Jakob also umgefallen!«, fügt Hugo hinzu.

Jakob wippt nur.

»Dank euch.«

Die Mutter lächelt die Jungen verlegen an. Sie kennt ihr Kind, weiß um dessen Randlosigkeit. Sie schämt sich für diese Randlosigkeit, da sie dafür keine Worte hat. Von dem Wort AUS weiß sie nichts, das Wort Autismus kennt man nicht in einem Bergbauerndorf in Tirol. Jakob eilt indes in eine Nische, formt den Körper zum Ei und füttert seine Füße mit Luft. Die Jungen stehen unsicher im Türrahmen und betrachten Jakob. Sehen ihn an, wie er den Knien, den Beinen, den Zehen Luft zufächelt. An Jakobs Knien Blut, Blut. A.

»Was war genau?«, fragt die Mutter noch einmal, haltlos.

»Ein Flieger«, meint Hansl.

»Der Jakob ist niedergefallen«, fügt Hugo hinzu.

Die Mutter schweigt wieder. Schweigt, nickt, schweigt. Hier schweigt man. Als Frau ganz besonders. Als Mutter. Und am meisten schweigt man, wenn einem ein Kind ohne Sprache aus dem Bauch gekommen ist. Jakob kauert. Da, wo das Loch sitzt. In sich selbst verklammert und mit dem Außen als Aus verwoben wie untrennbar ineinander verfilzte Haare. Jakob kauert und hält dann mit dem Füttern inne. Er schaut. Er sieht aus dem Fenster. Der Himmel ist ein blauer Ball, ins Leere gespannt. Die Knaben nicken, machen kehrt am Absatz, verlassen den Raum.

»Geh'n wir waschen, eh der Vater kommt«, sagt die Mutter zu Jakob.

Jakob sieht auf.

»Mutter?«

Das Gesicht der Mutter beginnt ein wenig zu glänzen. Ein Wort kommt aus dem Jungen, denkt sie.

Jakob erhebt sich langsam.

»Geh'n wir«, sagt die Mutter.

3. Mutterrund

Die Hände der Mutter sind eine Schnur, die Jakob ins Bad zieht.

Sie schält den Jungen langsam aus seiner Kleidung, dreht den Wasserhahn an. Krempelt die Ärmel ihrer Bluse hoch.

Früher, fühlt Jakob, war er in einem Ei in der Mutter. Das Ei war ganz klein. Er kauerte in seiner eigenen Mitte. Rund um ihn nichts als Orange. Jakob war ein Luftballon, der immer größer wurde. Bis etwas platzte, aufriss. Daran aber erinnert Jakob sich nur ungenau. Manchmal stellt er sich vor, dass er aus einem Götterhimmel gerollt ist. Das tat weh. Denn es zog ihn aus der Mitte heraus. Aus dem Rundsein. In einem Götterhimmel ist nämlich alles rund. Alles kugelt. Es liegt sich selbst zu Füßen. Runder noch als diese Erdkugel. Jakob war auch rund damals und das Leben schön und voll, fühlt er. Und wie alle, die rund sind, spielte Jakob auch gerne mit Bällen. Jakob tanzte mit sich selbst im Kreis. Einen Ringelreihen. Das war kein Problem. Denn da, wo Jakob aufhörte, fing er auch wieder an. Jakob war also ein Götterkind, und noch dazu ein sehr besonderes. Er hatte Locken aus Blattgold und eine feine, seidige Haut. Und außerdem schwarze Flügel. Alle Götterkinder wohnten an einem Hain, und manche Götter formten sich dabei zu Regenbögen, manche zu Seen. Andere waren einfach bunte, rollende Bälle. Es gab auch Doppelgötter, die sich umeinander rollten und drehten. Dabei sprühten sie Farben. Man nannte sie Halbgötter, wenn sie für kurze Zeit auseinanderfielen. Wenn sie zusammen rollten, hießen sie Liebe, denkt Jakob. Später wurden sie sehr unfreundlich und man vertrieb sie deshalb aus dieser Welt und sagt heute Menschen zu ihnen.

»Gib die Händ' nach oben«, durchschneidet die Stimme der Mutter Jakobs Gedanken.

Jakob blickt auf und das Gesicht der Mutter steigt in ihn hinein. Aber das darf es. Es ist friedlich. Ihr Gesicht schneidet nicht. Jakob kennt die Kerben, die Strukturen. Das Gesicht der Mutter spuckt ihm Sterne entgegen, wenn sie lächelt. Sie ploppen in seinem Bauch und kriechen in die Herzgegend.

Dass es ihm kein bisschen leidtut, dass er abgestürzt ist und in diese Welt hineingefallen, denkt Jakob, als er die Mutter betrachtet. Weil auf der Welt gibt es ja genug Rundes. Und seine Mutter riecht gut, wenn sie ihn festhält.

Die Mutter fährt mit dem Lappen seine weißen, zarten Glieder entlang. Wieder und wieder.

»Gut so?«

Jakob nickt, aber über seine Züge legt sich kein Ausdruck.

Die Mutter betrachtet den Sohn. Die Leute im Dorf reden. Das weiß sie längst. Die Leute reden ja immer. Und die Mutter eines Kindes, das spinnt, ist nicht angesehen. Und eine Mutter ist ohnehin nur die Frau des Vaters. Dennoch ist eine fremde Zartheit in ihr, wenn sie Jakob ansieht.

Die Mutter geht zum Fach, holt einen Schlafanzug aus einer der Schubladen hervor.

»Geh ins Bett«, sagt sie stramm, »wirst deinen Schlaf brauchen.«

Jakob nickt. Langsam schlüpft er in das blaue Hemd, dann in die Hose.

Die Hose ist ein Zelt, sie spannt über dem Bauchnabel.

Jakob streift die knarzenden Gänge entlang, der Mutter hinterher. Resi und er schlafen in einem Zimmer. Resi, das ist die Kleine. Resi, das ist eine Wölbung. Auch Resi ist gut, weiß Jakob, ähnlich wie die Mutter. Doch es ist noch nicht spät und Resi in der Küche. Das Zimmer ist leer und blau.

Die Mutter folgt Jakob wortlos. Sie wartet, bis er sich niedergelegt hat, deckt ihn dann zu.

»Erzählst du … mir eine Gutenachtgeschichte?«, spricht es da aus Jakob.

Die Mutter sieht ihn an. Manchmal kommen doch Worte aus ihm, denkt sie.

Sie setzt sich ans Bett, streckt unsicher die Hand aus. Streicht über die Stirn des Jungen.

»Nicht heut'.«

Dann steht sie auf. Jakob klappt den Blick nach innen. Die Worte hallen lange nach, es dauert, bis er alle Bedeutungen erfasst hat. Jakob liegt nun. Er wartet darauf, dass es Nacht wird. Weil das Dunkel keine Wände hat, will Jakob den Rhythmus des Windes tanzen. Doch im Warten kehrt das Bild der Mutter wieder. Und mit einem Mal denkt Jakob, dass er nicht richtig ist. Er atmet tief ein und aus. Jakob möchte lieber ein Wind sein. Jakob denkt, dass der Wind richtig ist. Und die Vögel und die Nacht. Aber die Eltern sehen das nicht so, weiß Jakob inzwischen. Für sie ist Agathe richtig. Jakob setzt sich auf. Draußen werden Geräusche lauter. Eine Unruhe. Resi greint ein wenig, Agathes Stimme ertönt. Sie scheint von der Schule heimgekehrt zu sein.

»Grüß dich, Mutter.«

Jakob mag Agathe nicht. Agathe ist rot wie die Wut. Jakob umarmt seinen Körper und blickt sich unsicher um. Schon wieder ist die Welt zu laut. Da hilft nur: Hände aufessen. Brote ausspucken. Es wippen lassen. Nicht wissen. Es ist der eigene Oberkörper, der da heraus und wieder hinein wippt. So sind sie. Klangkinder. Ihre Körper schreien. Aus ihren Mündern schreit der andere. Die Fremde des Atems. Die Nähe des Windes. Die Freunde verstehen nicht. Hansl und Hugo sehen Jakob an, der sich am Boden zitternd zusammenzieht, in sich selbst zurückfährt wie eine Schnecke. Der Krampf löst sich nicht. Kinder wie Jakob haben weder Anfang noch Ende. Ihre Hände aber sind Vögel. Sternenkinder. Kinder als Träume. So wippt Jakob, bis er müde wird. Wippt sich selbst in den Schlaf.

4. Resiwölbung

Später kommt Resi herein. Jakobs Schlaf reißt die Augen auf. Er blickt die jüngere Schwester an, die vor ihm steht, ihre Zöpfe löst, ihn anlächelt. Jakob lächelt zurück. Sie kommt zu ihm, legt die Hand auf seinen Hinterkopf. Resi ist eine Wölbung. Der Bruder ist anders, das spürt Resi. Eines der Kinder von einer versunkenen Art. Sie stehen auf einer Wiese und drehen sich, drehen sich, aber was dreht sich da. Vielleicht drehen sie sich um einen Mittelpunkt, den sie nicht haben. Es kauert keine Sprache in ihnen. Der Kopf wird gegen die Wand gehämmert. Härte fühlen. Der einzige Kontakt, den Jakob manchmal mit der Welt schließt. Dann aber wölbt Resi ihre Hand über seinen Kopf. Es gibt keinen Dialog. Es gibt die Strukturen in Resis Gesicht, von denen Jakob dann nicht zu trennen ist. Die Schale ihrer Hand, in der er ganz ist, Mitte mit Loch. Auch das wiederholte Sich-hin-und-her-Wiegen macht Resi keine Angst. Sie spielt die Spiele mit Jakob. Ein Brotlaib wird gestreichelt, als wäre er ein Tier. Der eigene Fuß muss gefüttert werden. So ist Jakob. Resi hat das begriffen. Jakob zählt am liebsten die Vögel am Himmel und kann den Menschen nicht in die Augen blicken. So ist Jakob, und er ist groß. Größer als Resi. Besser als der Vater. Der Vater ist manchmal eine schlagende Hand, ein großes Vaterschlagen und Vaterschreien, der liebt nur die Agathe. Jakob ist besser. Auch wenn er oft hilflos mit dem Oberkörper hin und her wippt und fortläuft in den Herzensgrund, wo die Fische wohnen. Der Herzensgrund ist ein Grund des Vaters. Aber Jakob nennt ihn so, weil sein Herz da wohnt.

»Hast du schon geschlafen?«, fragt Resi und lächelt.

Jakob blickt nach unten, und ohne dass ein Wort aus ihm kommt, versteht Resi. Ja, heißt dieser Blick. Dann greift er nach ihren Fingern, zieht sie von seinem Kopf und faltet sie vor sich auf. Am liebsten sieht Jakob in die geöffnete Hand von Resi, wenn sie spielen. Resi hat nach und nach gelernt, Jakob zu finden. Über ihre Hand. Sie hat gelernt, besonders auf Gesichtszüge zu achten. Gelernt, ihn zu lesen. Vorsichtig lächelt sie ihn an.

»Morgen gehen wir wieder in den Herzensgrund.«

Jakob sieht ihre Finger an, und zwischen den beiden ist ein Tanz. Resi setzt sich ans Bett, rückt nahe zu Jakob. Dieser nimmt ein wenig Abstand. Die Wollstrumpfhosen, die Resi trägt, kratzen seine bloßen Sohlen. Sie erinnern an die Kälte, erzählen vom Winter. Doch jetzt ist Frühling. Jakob traut den Wintern nicht und auch nicht den Wollstrumpfhosen. Besonders nicht im Frühling. Aber hier, in ihrem Zimmer, ist die Sicherheit dennoch am lautesten. Ja wirklich, manchmal denkt Jakob, dass die Sicherheit dort schreit, wenn Resi ihre Hand über ihn wölbt. So wie sich der Himmel über die untergehende Sonne wölbt, wenn sie aus dem Fenster sehen. Oranges Gold versinkt dann langsam in der weiten Ebene. Hier besteht die Welt aus Stille und Wippen, und hin und wieder einem A. Hier gibt es nichts als die Schwester, die nichts möchte und deren Blicke nicht schneiden wie Messer. Und Vater gibt es dort keinen mehr, und auch keine Schläge. Denn der Vater meidet das Zimmer. Er meidet Jakob. Das Zimmer ist eine Strafe. Agathe hat ein schönes Zimmer, mit viel mehr Platz und Puppen, doch das ist Resi und Jakob egal. Agathes Zimmer ist ein Zimmer ohne Sicherheit, ohne Wölbung. Und Resi liebt Jakob. Denn auch Jakob liebt Höhlen und Wölbungen, wie sie sie liebt. Jakob liebt es, Unterschlupf zu finden, sich in kleine versteckte Zwischenräume zu kauern.

»Schau, du musst graben«, sagt Resi jetzt, steht auf und geht zu ihrem Bett.

Sie schiebt ihre Decke zu einem Berg zusammen, drückt sie nach hinten und beginnt, mit ihrem Kopf hineinzugraben. Resi ist viel kleiner als Jakob, doch sie weiß, dass sie schlauer ist.

»Schau«, ruft sie.

Nach und nach versucht Jakob dasselbe. Es ist ihr Abendritual. Jakob betrachtet alle Abläufe genau, Resi darf nichts anders machen als sonst, keine Abweichungen, die Struktur muss stimmen. Also gräbt Resi und gräbt. Fährt mit ihrem Kopf zwischen die Kissen und Decken. Jakob tut es ihr gleich mit seinem eigenen Kissen. Hofft, dass der Polsterberg stehen bleibt. Und er bleibt stehen.

»Geschafft!«, sagt Resi und nickt begeistert.

»Geschafft!«, sagt Jakob und lächelt zurück.

Hier ist Sprechen vonnöten. Das Sprechen markiert eine Bestätigung. Die Worte sind ein Abkommen zwischen ihnen. Solche Worte kommen leicht über Jakobs Lippen. Er lächelt die Schwester an, die ihm einen siegessicheren Blick zuwirft und den Kopf ein wenig anhebt. Stolz. Resi ist jünger als Jakob, doch sie weiß, dass Jakob sie bewundert. Nicht, weil er dumm ist, sondern weil Resi gut zu ihm ist. So blickt sie den Jungen an. Und Jakob zuckt ein wenig mit der Unterlippe. Es ist wie ein Lächeln. Nur Resi kann es lesen.

»Schlaf gut«, sagt sie dann, geht zum Schalter und löscht das Licht. Die Nacht steigt ins Zimmer und Jakob merkt, wie er ruhiger wird. Resi lässt überall eine Stelle aus für ihn, das weiß er. Eine hohle Stelle, in der für einen Moment alles gut ist. Jakob ist klein, der Abend groß. Das bringt ihm eine Ruhe bei. Jakob ist erleichtert.

5. Agathe, die Wut

An den Sonntagen lässt sich manchmal die Zeit nicht ertragen. Die Mutter ist traurig, der Vater in der Kneipe. Resi schläft. Jakob streift durch die Gänge. Agathe sitzt am Küchentisch, artig aufgerichtet, und blättert in ihrem Schulbuch. Jakob greift nach der Flasche, die neben ihr steht. Er trinkt einen Schluck Maulbeersaft und es kribbelt in seinem Bauch. Jakob muss an die Sterne denken, die das Gesicht seiner Mutter ausstrahlt, und dass er jetzt irgendwie Sterne im Hals hat. Jakobs Mutter macht den Saft immer selbst. Noch einmal nippt Jakob an dem Saft. Dann greift er nach ein paar Chips, die die Mutter Agathe hingestellt hat. Sie knacken im Mund. Wieder ist es, als würden Sterne in Jakobs Mund aufkrachen und ganz viele kleine Funken bilden, die in seinem Bauch weiterglühen.

»Das sind meine!«, sagt Agathe und schleudert die Wut gegen Jakob. Jakob schluckt, vorbei mit den Sternen. Ein A-Laut bleibt im Hals stecken.

Agathe aber sieht so traurig aus. Und auch wenn die Strukturen ihres Gesichtes gefährlich nahekommen, ist sie doch eine der Vertrauten, der sich wiederholenden Muster in Jakobs Umgebung. Jakob streckt die Hand aus. Er möchte Wölbung mit Agathe spielen, so wie Resi immer Wölbung mit ihm spielt. Jakob schiebt sich zu Agathe auf den Sessel, drückt sie an sich. Er formt sich zu einer Kugel und rollt sich auf Agathe. Diese beginnt zu würgen.

»Spinnst du! Du erdrückst mich!«

Wütend stößt die Schwester Jakob fort, der zusammenzuckt. In der Kehle brennen A-Laute, die Sterne gibt es nicht mehr. Agathes Blick blitzt. Jakob muss fächeln, muss die Nähe ausschlagen. Er stößt Agathe seinen Zeigefinger in eines der Augen, die ihn aufmachen, auspressen wollen. Agathe schreit, krümmt die Hände und kneift die Augen zusammen. Jetzt hat sie ihre Schale, denkt Jakob. Die Mutter hastet in den Raum.

»Herrgott!«, ruft sie, während sie die Hände in der Schürze abwischt.

Agathe hat ihre Hand wieder gelöst, Blut an ihren Fingern. Rot ist nicht nur die Wut in Agathe, rot ist auch ihr Auge.

»Tut das weh?«, fragt der Arzt, aber Agathe wimmert nur.

»Wie genau ist das denn passiert?«, möchte der Arzt wissen.

Jakob sitzt daneben. Ein in sich zusammengefallenes Loch ohne Mitte. Wippend, wie immer. Wischt sich die Chipsbrösel aus den Mundwinkeln und sieht die Mutter an. Wo sind ihre Sterne geblieben? Kein Leuchten mehr in den Augen. Bestimmt, denkt Jakob, sind die Sterne vergraben im Bauch, in einer Musik, in einer Geschichte, die es irgendwo geben muss, und die Jakob gerade nicht hören kann, in einer Resi oder in einem Herzensgrund, wo die Fische durch das Wasser schimmern.

Der Arzt und die Mutter halten Agathe an den Händen. Der Arzt schiebt das Lid des verletzten Auges ein wenig auf. Hält Agathe ein Gerät ans Auge. Er nickt.

»Ist nicht schlimm, Dirndl«, sagt er.

Die Mutter atmet tief ein und aus. Der Arzt greift nach einem Wattebausch. Jakob denkt an Schnee und ans Schlafen. Die Finger des Arztes tropfen das Auge ein, dann den Bausch. Pappen die Sicht der Agathe zu. Jakob betrachtet sie vorsichtig. Wieder eine Veränderung, die Angst macht. Agathe sieht jetzt aus wie eine der Figuren in ihrem Märchenbuch. Wie hieß diese Figur in dem Büchlein? Jakobs Kopf sucht Worte, er mag die Begriffe nicht, Jakob ringt um eine Beschreibung. Pirat, fällt ihm ein. Jakob betrachtet Agathe und denkt, dass sie viel richtiger ist als er. Auch mit nur einem Auge ist sie viel richtiger als er. Obwohl ihre Wut rot blitzt und ihr Gesicht verzerrt, als fremde Entstellung. Agathes Wut macht alle Sterne tot in seinem Bauch. Die Mutter soll zu ihm sprechen, soll wieder leuchten! Doch die Mutter sieht Jakob nicht an.

»Ma…«, kommt es aus Jakob.

»Ma-m…«

Doch wieder bleiben die Laute im Hals stecken.

»Lass mich«, sagt die Mutter, »wie konntest du nur.«

Agathe funkelt den Bruder an. Jakob senkt den Blick. Diesmal ist die Wut in Agathe ganz groß und brennt, und sie schlägt Wellen in seiner Brust.

»Krüppel«, sagt Agathe, bevor sie sich umdreht und der Mutter zur Tür folgt.

6. Vaterschlagen

An diesem Abend kommt der Vater später heim. Als sie beim Abendessen sitzen, blickt Jakob reglos sein Fleisch an. Kann dem Vater nicht ins Gesicht sehen. Der Vater ist noch schlimmer als Agathe. Der Vater ist ein Vaterschlagen. Hin und wieder kommt er später heim. Wirkt zunächst froh, riecht nach alten Trauben. Hin und wieder rutscht ihm die Hand aus. So jedenfalls nennt es die Mutter. Dann springen ihre Lippen auf und die Sterne im Gesicht der Mutter gibt es nicht mehr. Und immer wenn der Vater nach Trauben riecht, möchte Jakob Agathe an den Haaren reißen.

»Was war denn los?«, möchte die Mutter beim Abendessen wissen.

»Warum hast du das gemacht mit Agathe?«

Agathe, immer noch ein Pirat, schiebt Fleischscheibchen in ihren Mund, schneidet und kaut. Die Wut kaut mit.

Jakob schweigt.

»Schämen muss man sich«, meint der Vater.

»Der Jakob ist halt, wie er ist!«, meint Resi und schiebt dem Bruder ein wenig Brot hin. Dieser greift lächelnd danach.

»Stumm wie ein Fisch«, meint Agathe indes, »gell, Vati?«

Der Vater blickt sie lächelnd und wohlwollend an.

»Wie auch immer. Iss jetzt dein Fleisch, mein Sohn!«, meint der Vater.

Er streckt die Hand aus, klopft Jakob auf den Rücken, dass es wehtut. Jakob schluckt, sieht weiter auf das fasrige Wesen auf seinem Teller. Die Fische im Herzensgrund fallen ihm ein, wie sie durch die Wasseroberfläche schimmern. Jakob sieht Augen. Augen von Fischen und Vögeln, die ihn ansehen, und diese Augen sind gut. Sie sind stumm, kommen nicht so nahe an Jakob heran wie die der Menschen. Auf einmal hat Jakob eine Mitte, und es formen sich Worte in seinem Kopf.

»Nun mach«, drängt nun auch die Mutter.

Ihr Tonfall ist hart. Um Agathes Mundwinkel zuckt ein schadenfrohes Grinsen auf. Jakob hebt den Blick und sieht knapp an dem roten Vaterschlagen vorbei und in die nächstgelegene Ecke des Zimmers.

»Ich ess nix, was Augen hat«, flüstert Jakob.

Da bricht im Gesicht des Vaters etwas auseinander. Er hebt die Hand und schlägt dem Jungen auf den Kopf. Dieser zuckt kaum auf. Sein Blick ist klar und leer. Fast so, als blicke er in eine weite Ferne hinein.

»Na, tut das weh?«, schreit es aus dem Vaterschlagen heraus.

Jakob aber scheint nichts zu fühlen. Das erschüttert den Vater. Jakob muss erst lernen, dass es wehtut, geschlagen zu werden. Der Körper braucht länger, er rattert nach. Dass es wehtut, ist erst später. In Jakobs Kopf trommelt etwas gegen den Boden, um die Wette mit dem eigenen Herzschlag, der nicht da ist. Vorhanden, aber nicht da. Loch in der Mitte, um das sich die Welt dreht. So sind diese Kinder. Sie sind Kinder wie Wind. Und sind die Tropfen, die in ihm umhergepeitscht werden. Gepeitschte Kinder. Kinder als Ströme. In sich selbst treibende Flöße. Kinder als Licht. Kinder aus Luft. Am Leben sein: eine Gebärde. Füttere den Stein. Sprich mit deiner Hand. Schlaf mit dem Meer. Iss die Morgensonne auf. Wer muss kauen lernen. Wer muss gehen lernen. Wer braucht eine Sprache. Wir fallen doch ohnehin. Jakob ist gefallen, Jakob ist aus. Der Schlag des Vaters hat ihn ausgemacht. Wenn dich ein Strudel hinabzieht, kämpf nicht gegen ihn, weiß Jakob. Wenn eine Leere über dich schwappt, atme dich weg. Tauch in den Strudel. Warte, bis er dich unten wieder ausspuckt. Oder? Jakob schaut nur und schaut. Der Vater, für einen Moment irritiert, stößt Jakob schon im nächsten Augenblick brüsk von sich. Schlägt noch einmal zu.

»Missraten bist!«, sagt ein Zischen, das aus dem Vaterschlagen kommt.

Triumphierend blickt Agathe den Bruder an. Nur Resi weiß: Der Vater fürchtet sich vor Jakob. Wenn er seine Augen aufschlägt, leuchtet das ganze Haus, aber nach innen, weiß Resi. Der Vater kann es nicht sehen, er sieht nur das Fremde. Jakob ist durchlässig. Niemals blickdicht. Jakob hat kein Ich, das er mit sich führt wie eine Sicherheit.

Der Vater schlägt noch einmal zu. Doch es gibt keine Ränder, keine Reste mehr an Jakob. Jakob zuckt nicht. Irgendwann hat jeder Schlag aufgehört nachzuhallen. Der Vater hat Jakobs Zartheit verraten. Der Vater ist nur eine wütende Wucht für Jakob. Wie Resi eine Wölbung ist, und die Mutter ein Rund, das Sterne in seinen Bauch zaubern kann. Wie Agathe die Wut ist. Der Vater hämmert und haut. Das ist alles. Dagegen muss Jakob ein Ball sein. Dass ihm die Augen der Fische fehlen, denkt er, als er Blut ausspuckt.

7. Herzensgrund

Am nächsten Tag geht Jakob nicht in die Schule. Jakob geht zum Herzensgrund, wo die Eltern eine kleine Hütte besitzen. Dort ist der Himmel ein Zelt ohne Ränder. Und der Himmel ist die Wölbung für die Erde, wie die Resi die Wölbung für Jakob ist. Im Schober zwischen den Bergen gibt es Holzscheite. Jakob ritzt ihnen Gesichter ein oder Muster, Strukturen, die ihm ein Gefühl von Sicherheit geben. Die Scheite trocknen aus mit den Wintermonaten. In der Hütte gibt es kein Wasser, kein Klo. Dafür wilde Himbeeren, die in den Balkon hineinwachsen. Jakob liebt den Herzensgrund. Er bearbeitet die Scheite, er kerbt, schneidet, ritzt. Jahre später noch wird er sich genau an die Strukturen erinnern können. Der Wald wiegt Jakob. Alles ist. Jakob sitzt und schnitzt. Nein, auch das stimmt nicht, denn es schnitzt sich aus ihm heraus. Etwas, das ein Drücken ist. Ein Schmerz in der Kehlkopfgegend. Die Strukturen der Holzhaut müssen nachempfunden, geformt werden.

Später, als es Abend wird, geht Jakob zum Bergsee und stellt sich hinein. In den Bergfalten schlafen die Augen des Himmels. Das ist der Herzensgrund. Der Himmel wirft sein müdes Bild in den Teich. Seine Füße bleiben reglos. Jakob testet das Stehen aus. Die Kamera der Augen hält den Blick. Forscht nach Fischen. Sucht. Die Hände zittern nicht. Die Kälte kriecht nicht in einen Körper, der nicht da ist. Da, aber gleichzeitig auch nicht da. Ein Körper, der aus sich heraus ist. Jakob steht und stockt nicht, denn da ist nichts, das sich anhalten ließe. Es ist, als würde er unter Wasser die Luft anhalten. Es ist: aus. Minutenlang geschieht nichts. Irgendwann jedoch nähert sich eines der Tiere und umschmeichelt

Jakobs Fuß. Aus, denkt es in Jakob. Aber das ist kein Satz. Nur die Fische sind nicht so stumm. Sie dringen als Zittern ein in Jakobs Füße, schwimmen durch Jakobs fremde Füße hindurch. An Jakobs Füßen buchstabieren sie das Wasser. A, sagen sie. Gut, sagen sie. Klang, sagen sie. Jakob greift nach dem einen, und er bleibt, obwohl Jakob durchsichtig ist. Nimmt ihn in die Höhe.

A, macht der Fisch. A.

Wie der stumme Jakob in der Schule.

A, macht Jakob.

Dann legt er den Fisch zurück ins Wasser. Es ist blau und das tröstet. Wenn Agathe da ist, verfärbt sich alles, wird rot. Jakob mag das Rot nicht. Fische sind blau. Agathe ist laut. Fische blasen stumm ihren Atem aus. Jakob lächelt und sieht sich um. Auch die Sonne ist ein Fisch im Wasser. Sie treibt unter glitzernden Wellen, kleine Teile mit Abständen dazwischen.

»Jakob!«

In dem Moment ruft eine Stimme nach Jakob. Es ist Resi. Jakob dreht sich um. Der Fisch, der gerade sein Bein gestreift hat, zuckt zusammen und schwimmt rasch weiter. Jetzt ist Jakob wieder in der Zeit.

»Jakob!«

Er nickt.

Die Schwester läuft auf ihn zu, lachend, in einem weißen Kleid. Das Haar weht um ihre Schultern.

»Abendessen gibt's«, ruft sie.

Jakob bedauert die Fische, die in die Töpfe kommen. Er bedauert die Menschen, die Fische im Bauch haben. Sein Bauch ist kein See, weiß Jakob, kein Herzensgrund, und in ihm sind die Fische stumm und zittern nicht. Jakob folgt der Schwester ins Haus. Wieder ist Abend geworden, und die

Welt beruhigt sich, wann auch immer die Dunkelheit laut wird. Am Abend faltet der Tag sein Licht zusammen. Krimskrams und Knitter als Stanniol, sagt der Abend. Er schmeckt wie Brote, die die Mutter auf den Tisch legt. So legt sich alles wieder, um in die Nacht hinein zu verschwinden, weiß Jakob. Das ist der Frieden gegen die Gesichter.

8. Fliegen

»Krüppel«, sagt Agathe an diesem Abend, als sie am Zimmer von Resi und Jakob vorbeistreift. Jakob, der am Bett sitzt, lässt es sofort aus sich heraus wippen: A. Der Blick hat ihn zu stark getroffen. Die Wut macht das Glück des Herzensgrundes wieder tot im Bauch. Diesmal ist die Wut ganz groß und brennt. Sie schlägt auch Wellen, doch nicht so schöne wie die Sterne der Mutter. Jakobs Oberkörper ist eine zitternde Krümmung. Er starrt das Mobile über seinem Kopf an. Dann den Regenbogen auf der Decke, den Resi einmal dort hingeklebt hat. Die Wut hat auf Jakob abgefärbt und sitzt als roter Stachelball im Bauch. Jakob möchte ritzen und reißen. Auch auf den Regenbogen ist Jakob wütend, weil er halb ist, die Brücke zum Götterhimmel, und Jakob da nicht hinkann, um ihn ganz zu zeichnen, die abgebrochene Linie zu einem Kreis zu vollenden. Jakob ist traurig. Die Regenbögen in seinem Bauch sind alle nur schwarze Striche.

»Jakob kann nur A sagen, sagen sie in der Schule!«, ruft Agathe da.

Wippend will Jakob den Kopf schütteln, stattdessen bilden sich bloß Speichelfäden in seinem Mund.

»Das stimmt nicht«, sagt Resi, »er kann auch ›Resi‹ sagen.«

Heute macht der Abend keinen Spaß. Jakob formt sich zum Ball, einem Kreis, der das runde Ding im Magen einschließt. Er schließt die Augen. Öffnet in Gedanken das Fenster, damit der Wind seine Mitte wird. Jakob fliegt mit dem Wind, auch wenn Jakob noch hier im Bett liegt. Er imitiert Schwimmbewegungen mit den Händen. Steigt hoch und höher. Blühende Wolken im Nirgendwo, da, wo Jakobs Bild im Kopf sitzt. Als Jakob neben einer großen Wolke angekommen ist, blickt er das erste Mal zurück. Und da kann Jakob erkennen, dass die Welt tatsächlich eine runde Form besitzt. Als kleiner Ball treibt sie im Meer des Universums dahin, und wann immer sie zu nah an dessen Wasser gerät, weicht das Wasser wieder vor ihr zurück. So, als würde man die gleichen Pole zweier Magneten gegeneinander halten. Manchmal macht Resis Wölbung ihn rund. Oder die Umarmung der Mutter.

Jakob entfernt sich, immer weiter. Leicht und gut riecht die Nacht. Jakob fließt dahin. Die Sterne sind Einschusslöcher am Firmament. Nein, sie sind Ritzen, durch die Licht dringt. Und die Sterne flitzen an Jakob vorbei und Jakob weiß nicht mehr, ob er zuerst war oder deren Licht. Und ob er das alles träumt. Und ob das ein Unterschied ist. Dann taucht ein Ei vor seinem inneren Auge auf. Alles ist in diesem Ei enthalten: der Stachelball, Agathe und der Wattebausch um ihr Auge, der Vaterschmerz und natürlich Resi und die Mutter. Funken flirren im Inneren der Schale umher. Es ist ganz wundersam.

SOMMER

1. Agathe, Resi und die Spalten

Ein paar Jahre sind vergangen. Jakob ist jetzt in einer anderen Schule. Hier sind all die, die nicht rund sind. Die nicht passen. Die anders sind. Jakob weiß Bescheid. Er zählt die Tage. Die Jahreszeiten. Bald soll der Sommer kommen. Da darf Jakob zu seinen Fischen, darf schwimmen im Herzensgrund.

Im Sommer ist der Herzensgrund Jakobs Glück. Es brennt der Himmel nieder und die Familie geht im nahe gelegenen Bergsee schwimmen. Resi hat einen großen aufblasbaren Reifen, in dem sie schaukelt. Sie schiebt eine Luftmatratze im Wasser vor sich her. Die Sonne glitzert in Lichtflecken, das Nass ist klar und weckt auf.

»Wollen wir zur Schilfinsel paddeln?«, ruft Resi.

»Ja!«, kommt es aus Jakob.

Jakob kennt das Spiel, deshalb liebt er es. Jakob ist ein Fisch, stromlinienförmig treibt er im Wasser, wird Wasser und teilt sich selbst mit den Händen auseinander, bis er bei Resi angekommen ist. Agathe ist schneller als er. Sie sitzt bereits auf der Luftmatratze.

»Darf ich?«, fragt Jakob.

Er streckt seine Hand aus. Agathe sieht ihn von oben herab an und ihr Haar fällt in nassen Strähnen ins Gesicht. Ihr dünner Körper bebt ein wenig. Im Blick Verachtung, aber Agathe reicht die Hand. Vielmehr ist es aber so, als würde sie ihm eine Wand reichen.

Jakob lässt sich auf den weichen Luftpolster ziehen, und zu dritt beginnen sie, durchs Wasser zu reiten. Jakob sieht sich um. Links paddelt der siebzehnjährige Tom in einem Boot vorbei. Jakob betrachtet die Haut, die Muskeln, die sich anspannen, wenn er übers Wasser fährt. Das Braun der Oberarme, ein Kontrast zu den hellen, von der Sonne ausgebleichten Haaren, gefällt ihm. Er beginnt, die Sommersprossen mit den Augen zu zählen. Als der Junge sich umdreht und ihn ansieht, springt Jakob von der Matratze und taucht ab. Denn Jakob hat keine Haut.

Später sitzen die drei Kinder in der Schilflandschaft am Ufer und essen Eis. Das Eis klebt. Ein Eis zu essen ist wie das Einschlafen, findet Jakob. Etwas verändert sich, verrinnt und ist nach einiger Zeit etwas anderes.

Am Boden liegen einige Disteln. Jakobs Blick versucht, die Formation zu erfassen. Er zählt: eins, zwei, drei.

»Jeder, der die Schokolade haben will, muss ins Gras pissen!«, sagt Agathe.

Resi gluckst und grinst.

Jakob sieht sie verwirrt an.

»Na?«, meint die Schwester, und wieder ist da diese Wand, eine rote Wand aus Wut. A. A. Agathes Blicke schlagen nach Jakob. Resi steht auf und schält sich kichernd aus dem klatschnassen Bikini, der an ihr klebt wie eine fremde Haut. Da sieht Jakob die Spalte.

Plötzlich, eine Flammenspinne, die sich zwischen Jakobs Beine krallt: A. Die Gesichter der Mädchen, gefleckt von Sonnenlicht, anders als sein eigenes. Etwas anderes noch fällt ihm auf, als er sich auszieht. Da zwischen den Beinen. Die Formen stimmen nicht überein. Eine Fremdheit, die wehtut.

»Was ist da zwischen den Beinen?«, fragt Jakob und es fällt auf, denn er spricht sonst kaum. Wer redet, schneidet. Jakob liebt das Schweigen.

Nackt sind sie nun. Aus. Aus Agathes Brust schneiden kleine Messer, rot. Rot wie ihre Wand aus Wut. Jakob möchte schreien. Die kleinen Messer verwunden ihn. Agathes Wut. Aus. A.

Nach diesem Nachmittag ist nichts mehr wie vorher.

2. Mädchengesichter

In der neuen Schule machen die Stunden wenig Freude. Ein Quadrat leuchtet gegen die Wand, auf die die Lehrerin Sätze mit einem quietschenden grünen Stift malt. In Jakob zieht sich alles zusammen, während die Lehrerin ihn gegen die durchsichtige Folie drückt. Sie blickt aus dem Fenster, knabbert an der Mine des Stiftes. Das Augengewirr der anderen wühlt in Jakob. Er sieht zu Boden. Die anderen Jungen lachen. Jakob malt seine Fingernägel bunt an. Freundlicher sind die Mädchen. Sie hüpfen den ganzen Tag auf Gummibändern. Gegen die Zeit. Jakob macht das keinen Spaß. Er hockt dann oft stundenlang in einer Ecke und blubbert kleine Bläschen in Pappkartons, in der das Jausengetränk aufbewahrt wird. Der Geschmack von süßer Vanillemilch, Kakao, das Ploppen, wenn er Luft in den Strohhalm bläst. So ähneln die Rhythmen der Tage einander. All das ist eine große Sicherheit in einer Welt aus Gesichtern, die auseinanderbricht. Die Jakob in sich hineinzieht: ein Schluck. Noch ein Schluck. Am Pausenbrot kauen.

Im Werkunterricht versucht Jakob den filigranen Faden durch das Nadelöhr zu schieben. Vergeblich. Jakob starrt die Wände an. Die Buchstaben werden ganz groß vor seinen Augen. Charaktere, den Menschen ähnlich. Häkchen und andere Zeichen in den Holzbänken. Wie in allen anderen Schulen. Es baumeln Mäntel, Mützen. Auch die lassen sich zählen, Tag für Tag. Jakob weiß Bescheid. Alles wird noch irgendwie gut, oder? A. So lauscht er in sich hinein, gesenkten Blickes. Die Stöpsel der Filzstifte anbeißen oder an den Fingernägeln knabbern. Es ist die Zeit, die Jakob manchmal Angst macht.

An diesem Tag geschieht die Abweichung. Jakob zählt die Schritte auf seinem Weg heimwärts. Der Waldweg tönt, der Friede ist ein weiter Himmel. Der Regen bietet Sicherheit durch seinen Takt, Jakob spürt keine Nässe. Seine Haut, das sind die Tropfen, und die Tropfen, das ist seine Haut. Plötzlich eine Stimme hinter ihm. Schritte, jemand kommt nachgelaufen. Jakob dreht sich um.

»Hallo!«

Ein Mädchen erscheint hinter Jakob, es springt wie ein Grashüpfer.

Jakob sieht das Mädchen an, der Himmel hängt an einem Faden, der ihre Wimper ist. Zwischen seinen Beinen zieht es. Die Spalte der Schwester fällt ihm wieder ein, und Jakob kann sich nicht wehren. Sie muss zerteilt werden, auseinandergeschoben, damit die Struktur gerade bleibt. Die Spalte ist eine Unordnung, die nicht in Jakobs Weltbild passt. Jakob läuft.

»He!«, ruft das Mädchen ihm nach, »du bist der von der Meierin, stimmt's?«

Sie hat ihn eingeholt, da atmet ein Mund nach seinem Mund. Jakob schlägt um sich. Das Mädchen fällt. Jakob hastet weiter. Alles geschieht, als würde jemand die Zeit vorspulen.

Die Bäume reißen sich aus. Die Wolken regnen sich selbst. Der Regen geht in die Schräge, wo Licht die Augen sprengt. Jakob schaudert. Da ist nichts mehr. Jakob ist traurig. Alle Spalten sind doppelt. Nur Jakob ist allein, mit Feuer zwischen den Bäumen. Er lebt nur von der Linde und dem Wind in ihr, in den Nebel hinter das Haus gestreut. Jakob will sich ab jetzt immer nennen wie der Wind und die Natur. Fischwerk, schimmernd. Der Wind jagt, schneidet. Er hat viele Messer in der Hand. Die Natur trägt jeden herannahenden Herbst und die Kälte. Sie summt auch milde gegen die übertriebene Hitze des Sommers.

Nie mehr will Jakob Mädchen betrachten. Nie mehr diese Spalten im Kopf teilen müssen. Jakob gehört hier nicht her. Die Menschen reden immer und tun, als hätten sie die Weisheit im Mund. Dabei verstecken sie darin nur Steine. Unzerkaut, als Wunden. Sie sagen viel und verdecken. Jakob ist Blutkreislauf ohne Haut. In seinen Ohren zu viel Sprache. Er entkommt den Gesichtern nicht. Sie sind nahe und schlagen zu.

Er läuft, läuft und nimmt den Wind in den Arm. Er gibt ihm recht. Er senkt das Gesicht. Jetzt ist Jakob sich selbst auf den Fersen, er läuft, läuft. A.

Endlich erreicht Jakob den Herzensgrund. Er hechelt. Betrachtet das Wasser. Fremd spiegelt sich sein Gesicht an der Oberfläche. Jakob atmet aus. Hier kann Jakob sein, wie er ist. Ein randloses Loch. Hier kann er seine Angst vor den Gesichtern ausblasen. Mit den Fischen. Dann wird alles wieder gut sein, irgendwann.

3. Heim zu den Fischen

Auch am nächsten Tag regnet das Wasser Müdigkeit. Jakob steht frühmorgens auf und geht fort. Barfuß. Zum See. Es ist, als hätte ihn ein Stern gerufen. Jakob zieht seine Kleidung aus, lässt sein Geschlecht lose in der Luft baumeln, gräbt ein Loch. Er weiß nicht, was er sucht. Schließlich kriecht er unter einen Strauch, nahe am Wasser des Herzensgrundes. Er hört die Akkorde der Wolken in der Dämmerung, das Mosaik der blinkenden Sterne fächert sich als vierstimmige Fuge in seinem Kopf auf. Nachts spielt der Sternenhimmel ihm ein Lied vor. Der Himmel hegt jeden Stern. Wie die Erde im Herbst das Laub trägt. Das ist tröstlich. Sie buchstabiert die Formationen der Sterne in die Erde. So viel weiß Jakob noch: Sie brennt. Jakob schläft in der Mulde am Herzensgrund, er kann nicht sagen, wie lange. Am nächsten Morgen verscharrt er seinen Rollkragenpullover. Linien bilden sich im feuchten Sand, Lichtläufe für Jakob. Er folgt den Strukturen. Alles scheint einen Sinn zu haben, die Formationen wollen mit ihm sprechen. Jakob betrachtet sich. An seinen Sohlen sieht er die Struktur seines Kopfes, die sich widerspiegelt. Er spielt ein wenig mit seinen Zehen, dann mit dem Geschlecht, das auf einmal von ihm fort wächst. Jakob lächelt. Er erkennt die Gefühle nicht mehr, hat nur noch dieses seltsame Ding vor Augen, wie es vor ihm wächst, spuckt. Fäden spuckt, bis er aufzuckt. Dann starrt Jakob in die Sonne und wippt mit dem Oberkörper auf und ab. Der Schwung der Hügel erinnert an die Hüften der Mädchen. Jakob weiß nicht, warum, doch er muss kichern. Er lässt den Körper zittern, beben, lacht dabei. Malt Spuren in den Sand, um die Sicherheit wiederherzustellen. Dann beschließt er, die Sonne zu streicheln. Er geht immer tiefer in den Schlick hinein, das Wasser flutet und verebbt, wieder kriecht die Dämmerung über den Himmel, wieder das Fugato der Sterne. Jakob lacht, da schwimmt er auf ihr Gesicht zu, das im Nebelschleier ein wenig erbleicht.

»Bleib!«, will er der Sonne zurufen.

Plötzlich bricht die Dunkelheit über ihn herein, er möchte sich zusammenrollen und in eine Ecke legen, aber da ist nur Wasser. Es steigt Jakob in den Mund, in die Nase. Er taucht wieder auf. Strauchelt, spuckt eine säuerliche Flüssigkeit aus. Ein Sodbrennen breitet sich in der Speiseröhre aus. Jakob schimpft mit dem Gesicht der Sonne, über das sich die Dunkelheit der Nacht gelegt hat. Irgendwann stößt sein Kopf gegen Hartes, Plastik, seine Hände tasten sich voran. Eine Boje. Jakob klammerte sich an sie. Das Wasser schlägt Wellen. Irgendwann schläft er ein.

Als Jakob wieder erwacht, liegt er in seinem Bett. Licht fällt durch ein kleines Fenster. Jakob muss schief lächeln, sucht nach dem Gesicht in seinem Kopf. War es das Gesicht des Mädchens, das ihm nachgelaufen ist? Das Gesicht ist verschwunden. Hat er es vielleicht mitsamt seinen Kleidern im Sand verscharrt? Ist er umsonst diesen weiten Weg geschwommen, ins Licht der Sonne hinein, in der ihr Lächeln lag, ihr Blick? Jakob schaudert.

Auf seinem Nachttisch liegt ein Apfel. Jakob greift nach ihm. Dreht ihn in den Händen hin und her. Er betrachtet den Bogen der Berge, weiter hinten am Horizont. Dann steht Jakob auf und bemerkt, dass er nicht mehr nackt ist. Er trägt jetzt ein gestreiftes Hemd, das ihm bis über die Handgelenke hängt. Es tropft aus seinem Mund. Die Glieder sind schwer und fremd. Als sei die Welt in Watte gepackt. Er weiß nicht, was das bedeutet. Lange starrt er den Regenbogen an der Decke an. Mit einem Mal wird Jakob wütend, kann das wattige Gefühl nicht ausstehen. Auch auf den Regenbogen ist Jakob wütend, weil er bloß halb ist, weil er die Brücke ist zum Götterhimmel und Jakob dort nicht hinkann. Der spinnt, hat Agathe neulich wieder gesagt.

Jakob ist traurig. Die Regenbögen in seinem Bauch sind alle nur schwarze Striche. Der Bauch tut ihm weh. Filmriss.

Später steht Jakob auf und öffnet das Fenster. Das mit dem Fliegen ist nicht anders, als Jakob es sich immer vorgestellt hat. Jakob imitiert Schwimmbewegungen mit den Händen, wie er es normalerweise in seinen Träumen oder im Herzensgrund tut. Er kommt so sehr gut voran. Hoch und höher steigt Jakob in die Lüfte. Als er neben einer großen Wolke angekommen ist, blickt er das erste Mal zurück. Da kann er erkennen, dass die Welt tatsächlich eine runde Form besitzt …

Es dauert, bis Jakob aufprallt.

4. Sommerwatte

Die Sommer, die folgen, sind in Watte gepackt. Sie schieben Jakob eine Pille in den Mund, in Jakob ist es dumpf und manchmal ist er müde. Die Pillen sollen helfen, dass Jakob sich nicht mehr aus dem Fenster stürzt. Und dann wird alles ruhiger. Die Sommer sind Sommer, in denen Jakob die Kriechspuren der Schnecken auf den Fenstergläsern beobachtet. Der Wind wiegt das Blau in den Bäumen. Jakob vertraut seinen Blick der Natur an, denn sie ist nicht so grausam wie die Menschen und kommt nicht so nahe wie deren Gesichter.

Jakob sitzt in seinen Schlupfwinkeln am Fenster und blickt hinaus. Zart, müde, aber immer noch ohne Ränder. Und in diesem Moment ist er nur dieser Blick, der aus sich herausschaut: A. Die Sommer sind wie immer, hitzig, und sehr still. Sogar die Tiere haben sich verkrochen. Man kann auf zusammengerollte Heuballen klettern, das sticht am Hintern. Jakob fühlt sich dabei immer stachelig. Manchmal noch wird Jakob wütend und wirft dann Agathe Disteln ins Haar.

»Au!«, schreit Agathe.

Es tut weh, diese wieder herauszulösen. Die Mutter ist wütend, auf Jakob und auf Agathe, sie zerrt an Agathes verfilztem Haar, bis diese nur noch flucht und schreit.

»Jakob, du Krüppel!«

»Selber, selber, dein Arsch wird immer gelber«, murmelt Resi, doch so leise, dass keiner es hört.

Einige von Agathes Strähnen segeln zu Boden. Was ist das für eine Farbe? Aschblond? Eher wie Asche, ein Hauch aus Grau und Silber. Jakob mag Asche nicht. Er schaut und schaut nur. Die Haare verfilzt vom Schlick des Sees, verfilzt von den Spielen mit Jakob. Die Spalten hat Jakob nicht mehr gesehen. Er sagt es freilich auch keinem. Dass er vor ihnen Angst hat. Die Mutter zetert, Jakob läuft ins Wasser.

Unter Wasser werden die Geräusche weicher, schimmern die Steine immer wieder wie Mosaike auf. Jakob wühlt nach Schlamm. Er reibt die Schwestern gerne damit ein, wenn sie versuchen, ihm zu nahe zu kommen. Manchmal steigt er auf ein abgebrochenes Stück Schilf und schneidet seine Fußsohlen damit. Aber Jakob hat nichts gegen Blut. Noch weniger, seit die Watte ihn in eine Ungenauigkeit hüllt. Die Watte, die von den Pillen kommt. Jakob ist ein komisches Kind, sagen alle. Egal.

Jakob liebt die Sommer. Die Sommer sind grobgerippt durch Sonnenstrahlen. Die Sonne, ein großer roter Bauch, wächst und macht sich breit.

Es gibt drei Birken an Jakobs Sommerabenden. Und eine innere Stimme. Nicht wissend, woher die kommt. Jakob liebt den alten Spielplatz hinter dem Dorfplatz, mit seinen halb verrotteten Spielgeräten und den Birken. Sandkisten, zwischen denen kleine hölzerne Türmchen stehen. Der Sand ist schmutzig, aber manchmal gräbt er Insekten darin ein, die er zuvor getötet hat. Oder er wühlt nach Regenwürmern und teilt sie mit seinen kleinen knubbeligen Händen in der Mitte auseinander. Auch die Insekten sind nichts anderes als Strukturen. Jakob beobachtet ihre Funktionen, seziert sie mit den Augen. Auf dem Spielplatz steht auch ein altes Hutschpferd. Wenn Jakob darauf schaukelt, gibt es quietschende Geräusche von sich. Eines Tages kippt das Pferd nach hinten und lässt sich kaum mehr aufrichten. Jakob ist zu schwer geworden dafür.

Manchmal geht Jakob auch abends dorthin, wenn die Eltern nicht da sind. Dort lässt sich die innere Stimme leichter finden. Es sprechen nun fremde Sprachen in Jakobs Kopf, schlingen sich ineinander. Ob das mit der Watte zu tun hat? In einem der neueren Häuser mit Balkon, die eng ineinandergeschachtelt sind, wohnt ein Mädchen, das Jakob manchmal beobachtet. Jakob ist neugierig, wie ihre Wohnung aussieht. Aber nie darf er mit dem Mädchen mitgehen. Jakob denkt über die Wohnung nach. Er weiß, dass das etwas mit Sehnsucht zu tun hat. Für ihn ist die Wohnung wie ein Leuchtturm. Gibt es dort vielleicht Ponys mit pinkem oder violettem Haar oder singende Klaviere, deren Knöpfe blinken, wenn man sie drückt, wie bei Agathe und Resi, fragt sich Jakob. Auf jeden Fall muss es darin glitzern, denkt er. Schön sein, wie für eine Prinzessin gemacht.

Jakob aber gräbt tote Insekten ein, wieder und wieder. Er zeichnet Bilder und Strukturen in den Sand.

»Bist du nicht langsam zu alt dafür?«, fragt ein Vorübergehender.

Jakob beobachtet die Leute, manchmal sprechen sie ihn an.

»Freak!«

Jakob versteht nicht. Er ist ein Loch ohne Ränder. Manchmal wird es Nacht am Spielplatz. Dann sind Jakobs Augen Bilder, aus denen die Traurigkeit springt.

Auch an den Sonntagen hält sich Jakob oft am Spielplatz auf. Er wird dann schnell müde und liegt früh im Bett, wenn die Schwester noch Bauklötze übereinanderschichtet. Die Watte bildet Wolken um ihn, denn gerade hat er seine Abendpille geschluckt.

Die Sonntage sind traurig, die Müdigkeit ist groß. Die Vermeidung des Vaters wird zum wichtigsten Ritual. Gegen das Vaterschlagen hilft nur die innere Stimme, weiß Jakob.

Und die ist am besten im Herzensgrund zu finden, bei den Fischen. Oder am Spielplatz.

Manchmal springt Jakob auf den Randsteinen herum. Ergreift dann den Pfahl einer grünen, blechernen Laterne und klettert an ihm ein wenig hoch oder saust ein Stück weit hinunter. Er singt dann das Lied von den Königskindern, zweistimmig, gemeinsam mit der Stimme im Kopf. Die Mutter fällt ihm dabei immer ein und dass zu Weihnachten ihre Finger über die Saiten der Gitarre wandern. Und dass ihre Hände Schalen sind. Und dass sie eine Heimat sind. Jakob möchte gerne eine traurige Musik sein.

Es waren zwei Königskinder, singt es dann am verlassenen Spielplatz in seinem Kopf. Das Lied handelt von der Liebe. Am besten geht das Singen mit der Stimme im Kopf. Ohne die anderen.

5. Unfall

Eines Tages passiert Jakob die Spalte. Es geschieht, als das heimlich begehrte Mädchen den Spielplatz betritt. Jakob sitzt auf seinem Pferd, erstarrt. Er lässt das Holztier schaukeln und atmet schwer. Guckt es mit weit aufgerissenem Mund an. Das Mädchen aus dem Turm, denkt er, diese Fremde, Unerreichbare. Ihr Kopf wippt neckisch. Sie lächelt und zieht eine rotblonde Haarsträhne lang. Ihre Zunge berührt ein wenig die Unterlippe dabei. Jakob hat das Licht im Bauch. Es ist Sommer. Und im Bauch ist noch etwas, stark und unbeschreiblich. Etwas hat Jakob den Blick verkehrt. Etwas zuckt zwischen seinen Beinen und möchte ausspucken. Die Angst ist eine offene Spalte. Sie stülpt sich über Jakob. A.

Dann reißt es ab in Jakobs Kopf.

»Was hat er getan?«, fragt der Polizist.

»Versucht, mich auszuziehen!«, sagt das Mädchen und deutet auf Jakob, der am Boden liegt, neben einem ausgeleierten, alten Schaukelpferd.

Gesichter kommen nahe an Jakob heran.

»Wie heißt du?«

Jakob schluckt, doch wieder einmal wollen die Worte nicht aus ihm herausrollen. In Jakobs Mund geht eine Mauer um. Was ist passiert? Es gibt Jakob nicht. Diese Augen, sie drücken ein Loch in ihn. Jakob steht auf. Der Mann schiebt ihn zurück. Jakob schlägt aus.

Sechs starke Hände greifen nach dem Jungen.

»Mach den Transportgriff!«, ruft einer.

Jakob hat auf einmal rote Farbe im Hirn, sie schwillt an, als wäre sie ein Luftballon. Hände halten ihn fest, Füße und Kopf. Schweißige, fremde Hände, die sich gegen seine Stirn pressen. Jakob beobachtet mit zuckenden Wimpern, wie man ihn auf einer Bahre fixiert. Neue Hände kommen zu den alten dazu, schieben Jakobs Hände durch Gurte. Jakob wehrt sich. Wieder und wieder. Ein Schlag trifft sein Gesicht. Diesmal sind die Schmerzen nicht rot, bläht sich kein Luftballon auf im Hirn. Alles wird weiß vor Jakobs Wahrnehmung. Filmrisse. Schaum, der sich zwischen seinen Blick und das Bild der Gegenwart schiebt. Jakob zwinkert. Immer wieder. A. Auf einmal ist das Atemholen nicht mehr möglich. Da steckt etwas, steckt fest. Ist das er selbst, der feststeckt? Jakob ist verstopft. Er würgt, seine Hände krampfen sich zusammen, sein Körper zuckt, er rollt mit den Augen. Schließt sie, öffnet sie wieder. Ein weißer Strich vor ihm, er zittert, der Kreislauf, keine Luft. Anhalten. Anhalten. A. Jakob schnappt nach Atem und sehnt sich nach Fischen.

Jakob hat keine Luft.

»Mach weiter«, sagt einer.

»Der hyperventiliert doch«, antwortet jemand.

Die großen Hände sprechen.

»Ja, die Vene, schnell!«

Jakob richtet sich erneut auf, doch die Hände packen ihn, eine links, eine rechts. Jakob wird auf das Bett geknallt. Aber wo kann Jakob sich festhalten? Eine Nadel schiebt sich in seine Haut. Jakob spürt etwas, doch er spürt den Schmerz nicht. Kleine Stiche, Schnitte in seinem Arm.

»Gleich wird alles besser!«, sagt eine Stimme.

Jakob schluckt und in seinem Oberarm laufen Ameisen auf und ab, bildet sich zarter Nieselregen. Wenn wir nur im Herzensgrund wären, denkt Jakob. Seine Augen flackern.

Der Blick schiebt sich zu. Der Rest ist geschnitten. Auf die Bahre hinauf, alles weiß. Froschperspektive. Festgebunden. Jakob wird weitergerollt, in einen Aufenthaltsraum, ein Sicherheitsbeamter lässt sie passieren. Jakob ringt nach Atem, will um sich schlagen. Wieder das phallische Ding. Jakob sieht den Glatzkopf des Sanitäters, der sich über ihn beugt. Eine pulsierende Ader auf der Stirn. Eine kalte Hand presst die Stirn fest gegen das Kopfteil. Jakob schüttelt sich. Kann gar nicht mehr aufhören. Es ist, als wäre der Schädel nur lose am Rest des Körpers festgemacht, als wäre das Rückgrat ein Stecken.

»Ist das Epilepsie?«, fragt die Glatze.

»Nein, Autismus«, antwortet eine der Hände.

Jakob sieht sich um. Noch mehr Hände, rechts und links an den Seiten. Jakobs Körper zittert. Sie nehmen ihn an den Haaren, an den Händen, pressen sein Gesicht nach hinten. Auf einmal ist der rote Luftballon in Jakobs Kopf wieder da. Er wächst, schwillt an, reißt, zerspringt. Zerspringt in regelmäßigen Abständen. Eins, zwei, drei. Jakob zählt. Zählen hilft. Wie das Schnitzen in ein Holzstück. Wie die Natur. Und die Fische.

Jakobs Hände laufen blau an, aber der Schmerz zentralisiert sich im Kopf. Rot. Jakob sieht der Farbe zu, bis der Faden der Wahrnehmung abreißt.

6. Klinik

Die Häuser sind klein und dicht aneinandergepresst. Sie sehen aus wie etwas zu groß geratene Schachteln. Hin und wieder ein Pub in Backsteinfarben. Die Mutter weiß nicht, womit sie rechnen muss. Sie fühlt sich seltsam entfremdet, mustert Jakob.

»Jakob sieht gut aus«, sagt sie, einfach nur, um irgendetwas zu sagen.

»Normalerweise sollten die Pillen ihn beruhigen«, meint die Frau, als sei es etwas Normales, dass Vierzehnjährige Medikamente nehmen.

»Aber bei Jakob scheint das nicht der Fall zu sein. Offenbar hat es ihn übermannt, als er das Mädchen gesehen hat. Zum Glück konnten sie ihn gleich k.o. schlagen und die Polizei rufen.«

Die Mutter nickt. Ihre Finger krümmen sich im Schoß. Eine Frau muss die Familie zusammenhalten. Eine Frau ist das Band des Lebens. Die Mutter versucht, sich in eine Ordnung zu bringen. Sie blickt ihren Sohn an, der Speichelfäden im Mund langzieht.

»Ja«, sagt sie schließlich.

In Jakob ist die Stille laut.

»Wir haben die Dosis erhöht«, sagt die Frau.

Für einen Moment ist es still. Etwas springt auf.

»Er ist zerbrechlich, aber bestimmt war er immer gut in der Schule und intelligenter als all die anderen Kinder«, meint die Frau lächelnd, um Jakobs Mutter ein paar tröstende Worte zu spenden.

Eine Kerbe bildet sich zwischen den dichten rötlichen Augenbrauen der Mutter.

»Nein«, entgegnet sie plötzlich barsch. Ihre Finger im Schoß krampfen sich zusammen. »Er ist dumm. Und er war immer dumm.«

»Wie, warum meinen Sie?«, möchte die Frau von ihr wissen.

»Sonst wäre das nicht passiert. Ein Mädchen so zu verschrecken. Er ist eben außer sich.«

»Das glaub ich nicht«, entgegnet die kleine hagere Krankenschwester, aber sie scheint gar nicht richtig auf die Worte der Mutter einzugehen.

Jakob sitzt im Raum, doch er sitzt hinter einer Wolkenwand. Schaum vor den Augen. Wo sind die schönen, die richtigen Wolken geblieben, fragt er sich. Die, die den Himmel überm Herzensgrund und überm Spielplatz zerteilen.

»Versuchen Sie nicht, freundlich zu sein«, entgegnet da die Mutter und presst die Lippen zu einem schmalen Strich zusammen.

»Kommen Sie«, meint die Frau und steht auf, »ich zeige Ihnen die Klinik.«

Vor der Nervenheilanstalt liegt ein kleines grünes Fleckchen Garten. Die Mutter, die Frau und Jakob schreiten nebeneinander her. Jakob setzt die Schritte langsam, so, als hätte er keine Kontrolle über seine Füße. Er gluckst kurz auf und läuft mit wedelndem Schritt auf eine Schaukel im Park zu, auf der eine Frau sitzt. Seine leicht einwärts gedrehten Füße stecken in Tennisschuhen. Eine Nacktschnecke schleimt auf dem Steinplattenweg, der zur Haustür führt, umher. Jakob zertritt sie, vielleicht versehentlich. Ein Platschgeräusch. Seltsam, denkt die Mutter. Früher hat Jakob die Natur geliebt. Jakob spürt die Gedanken der Mutter, spürt sie kurz durch die wolkige Wand hindurch. Er dreht sich zu ihr um.

Verzieht das Gesicht zu einer lächelnden Fratze. Die Frau schiebt Jakob mit einer vertrauten Geste zur Seite, belanglos, wie man einen Gegenstand zur Seite schiebt. Die Mutter möchte etwas sagen, aber die Sätze bleiben in ihrem Rachen hängen. Immer noch erscheint ihr Jakob seltsam fremd. Ein weißhäutiger Junge mit mausbraunem Haar, der begonnen hat, kleine Kügelchen aus der Nase zu ziehen. Jakob starrt ins Leere und steckt die Kügelchen in den Mund. Dann lässt er seine Zunge ein Stück weit aus dem Mund hängen. Blickt teilnahmslos in die Luft. Guckt in einen Himmel, auf dem ein Schwarm Vögel kleine Sprenkel malt.

Die Frau geht gebückt, sperrt mit einem rasselnden Seufzen die Tür auf.

»Ich heiße Luise, eh ich's vergesse«, sagt die Mutter plötzlich.

Endlich wollen die Worte wieder hervorkommen, öffnet sich der Mund für die Welt. Eine Frau muss ihre Fassung wahren, sie hat eine Verantwortung.

»Nennen Sie mich Augusta«, entgegnet die Frau sanft.

»Ja.«

Luise grinst schief. Beginnt, mit winzigen Händen nach ihrem Hals zu greifen. Die Frau lächelt und zeigt eine Zahnlücke. Wie platt ihr Gesicht ist, denkt die Mutter.

»Wie alt sind Sie, Luise?«

»Siebenunddreißig.«

»Sehen jünger aus.«

Die Mutter zuckt mit den Schultern. Was für eine Lüge, denkt sie.

»Hören Sie das öfter?«

Die Mutter ist ehrlich. Sie hat abgeschlossen. Ihr Sohn ist ein Loch hinter einer Wand aus Wolken.

»Nein«, sagt sie.

Jakob hat den Blick der Mutter hinter die Wand geholt und möchte wieder eine Musik sein. Er dreht sich in kreisender Bewegung um sich selbst, summt eine Melodie. Kippt dabei den Kopf spastisch zur Seite und verdreht die Augen. Klappt sie zu. Wieder auf. In der Hand hält Jakob ein Stück Holz, das er aus der Hosentasche gezogen hat. Presst es gegen seine Brust. Die Mutter blickt ihn an. Sie kennt dieses Holz. Es ist das Holz aus dem Herzensgrund, in das Jakob so gerne Kerben schnitzt. Sie stockt.

»Sein Zimmer ist im zweiten Stock«, sagt Augusta.

»Danke«, entgegnet die Mutter.

»Kommen Sie zurecht?«, will die Frau wissen.

»Ja.«

Als die Mutter sich abwendet, trägt sie über ein gescheitertes Kind die Trauer in sich ab. Der Himmel blüht vor Vögeln, doch das sieht sie nicht.

»A!«, ruft Jakob.

An der Hand zieht ihn etwas weiter, zurück in Richtung Krankenhaus.

7. Hungern

Jakob mag im Vergessen schlafen. Das geht, denn die Pillen machen müde. Am schlimmsten ist die Langeweile. Und dass alles fremdbestimmt ist. Jakob weiß nicht, wann die Tür aufgeht. Die Stimmen sind manchmal laut, manchmal schweigen sie. Jakob lernt, sich selbst zu verletzen. Sein Lehrer muss wohl Vater gewesen sein. Das Vaterschlagen. Die Monotonie des ewigen Fernsehens lähmt Jakob. Doch die Strukturen holen ihn ein. Sie sind jetzt Bewegungsabläufe, denn man verbietet ihm das sprechende Holz und das Schnitzen.

Zehn Kniebeugen. Fünf Buchseiten. Eine Spinne beobachten, die die Wand entlangkriecht. So nennen sich Jakobs neue Sicherheiten.

Jakob isst nicht mehr. Einige Tage lang verweigert Jakob das Essen. Was ist der Unterschied zwischen einer Nervenheilanstalt und einer Strafanstalt? Jakob wird zur Sache und bekommt einen Schlauch durch die Nase geschoben, der an dem einen Ende schlank ist. Weiter vorne wird er dicker, erinnert an einen Finger. Jakobs Rachen kann ihn kaum fassen. Doch das ist den Händen egal.

»Rein damit, Schwester«, meint der Arzt.

Jakob gluckst. Das Gesicht des Mannes im weißen Mantel wendet sich ihm zu, während er die Hände in Gummihandschuhe kleidet. Beinahe edel, mit einer inneren Ruhe.

»Sie verweigern die Nahrung?«, meint der Arzt und lächelt Jakob an.

Ein Ruck und in Jakobs Mund steckt ein großer Fremdkörper. Jakob spuckt, reißt die Augen auf. Neben Jakob taucht ein Kübel auf. Wie viel Liter das wohl sind, fragt sich Jakob. Er beginnt, im Kopf zu zählen. Das Zählen hilft gegen die Dichtigkeit der Welt. Eins, zwei, drei. Der Schlauch, der an einen Trichter geklemmt ist, wird in Jakob hineingestoßen. Zunächst fließen kleine Mengen hindurch, später werden sie größer.

»Pumpen, pumpen!«, ruft der Arzt.

Ein Schwall schwappt in Jakobs Nase hinein, und Jakob schwappt über. Die Flüssigkeit schießt ihm am Gaumen hinunter. Jakob kann nicht mehr schlucken, er ist so übervoll mit Brühe, dass er ausrinnt. Jakob ist ein Gefäß mit Wasser, die Oberfläche zittert, alles steigt hoch, der Magen rinnt aus. Er musst Luft herauswürgen, will sich aufrichten.

»Bleiben Sie sitzen!«, ruft der Arzt aus.

Jakob schlägt um sich, schlägt gegen die Wand, die müde macht.

Eine Frau erscheint, dann Stricke. Jakob wird am Sitz festgebunden.

Ein Rülpser stülpt sich aus ihm heraus. Der Schlauch fällt aus dem Rachen.

»Verdammt«, murmelt der Arzt.

»Das ist so viel, ich gehe über!«, will Jakob sagen, doch aus ihm kommt kein Ton. Er presst Ober- und Unterkiefer gegeneinander. Nein, du wirst den Mund nicht aufmachen, sagt die Stimme in Jakobs Kopf. Ihr Problem. Sollen sie sehen, wie sie dich kriegen.

»Das muss dann eben durch die Nase sein. Tut mir leid.«

Der Arzt greift nach Jakobs Ohr, dehnt, quetscht und drückt gegen das Läppchen und fixiert Jakobs Kopf am Polster. Die Schwester schiebt den Schlauch durch die Nase, ein Knacksen. Schon seltsam, aus wie viel Welt man im Inneren besteht. Selbst wenn man nur eine Wolke aus Nichts ist. Jakob wächst. Die rechte Kopfhälfte wird riesig, ist bald ein großer roter Luftballon, kurz vor dem Zerreißen. Rot wie Agathes Wut, rot wie ein Vaterschlagen. Die Tränen drücken sich von selbst aus den Augen. Jakob zerspringt. Er weiß nicht mehr, wo er ist. Die Schwester schiebt das Röhrchen weiter. Will den Magen erreichen. Jakob beißt die Zähne zusammen. Nein, sagt die Stimme in seinem Kopf. Der Luftballon drückt nach außen, drückt gegen das Gaumenzäpfchen. Jakob merkt, dass er ihn steigen lassen muss. Er reißt den Mund auf. Pustet Atem aus. Schnappt nach Luft. Jakob ist wieder ein Fisch.

Der Arzt ergreift die Gelegenheit und schiebt Jakob eine Klammer zwischen die Zähne.

»Passen Sie nur auf, dass Sie die Nebenhöhlen nicht verletzen, aber rasch raus damit!«, sagt der Arzt. Ruckartig zieht die Schwester den Schlauch aus den Nasenhöhlen und fixiert ihn wieder in Jakobs Mund.

»Na bitte, das geht doch!«, meint der Arzt und streicht mit einer fast zärtlichen Geste über Jakobs Stirn. Der Brei verschwindet in Jakob, bleibt in ihm hängen. Blutige Kotze schießt aus der Nase. Eine Luftballonhaut, denkt Jakob. Ein Rest des Luftballons in seinem Kopf. Kopfgrippe. Jakob hat Schleier vor den Augen. Es ist namenlos still in ihm.

»Zwangsernährung führt auf Dauer zu inneren Verletzungen und beinhaltet stets die Gefahr einer Lungenentzündung und eines Erstickungstodes. Wir sollten das nicht zu oft machen«, meint der Arzt.

»Ja«, sagt die Schwester und lächelt.

8. Resi rettet

»Sei ein vernünftiger Junge«, sagt der Arzt, »iss und schluck brav die Pillen, dann darfst wieder nach Hause.«

Jakob schweigt. Er zupft helle Fasern von seinen Fingernägeln.

Die Zeit ist ein Kaleidoskop, die Momente verschwinden hinter einer weißen Wand. Welcher Tag ist heute? Jakob versucht, zu zählen, doch jeden Morgen hat er die genaue Zahl vergessen. Das Essen wird zerkleinert, in Strukturen geschichtet. Erbsen zu Erbsen. Jakob rollt Salatblätter ineinander, ohne sie zu essen.

Diesmal schnallen sie Jakob an einen Friseurstuhl, der am Gang steht. Keine Bahre, keine Froschperspektive. Das kalte Material in der Nase. Die Sonde wird durch die Nase geschoben, Jakob würgt. Da hängt etwas aus seinem Mund. Eine langgewordene Zunge. Nein, denkt Jakob, es ist wieder der rote böse Luftballon. Jakobs Gaumenzäpfchen wehrt sich. Durch das Würgen schießt die Flüssigkeit wieder aus dem Mund heraus.

»Binden Sie ihm den Kopf fest!«, ruft der Arzt.

Die Krankenschwester schnallt Jakob breite grüne Stoffgürtel an die Arme und um den Oberkörper, Jakobs Hirn steckt jetzt zwischen zwei Ecken.

»Da ist eine Doping-Substanz in dem Essen drin, damit er nicht umklappt, damit er seine Kraft behält«, meint der Arzt und grinst, »schon pervers, oder? Und dann dröhnen sie ihn mit Neuroleptika zu wie Wahnsinnige.«

Die Schwester verdreht die Augen.

»Wer das alles zahlt …«

»Die Krankenkasse«, grinst der Arzt, »Lobby der Pharmaindustrie.«

Die Schwester sieht Jakob mitleidig an.

»Früher hätte man ihn irgendwie als Dorfdeppen integriert«, murmelt sie.

Der Arzt nickt.

»Survival of the fittest«, sagt er.

Da macht Jakobs Kehlkopf einen Sprung und der Schlauch verliert wieder an Halt. Erneut drücken die Finger des Arztes nach, stecken das phallische Ding zurück in Jakobs Mundhöhle. Jakob ist zu schwach, um sich noch zu wehren. Die Hände und Füße sprechen nicht mehr. Auch der Kopf nicht. Jakob wird hinabgezogen. Schwerkraft. Hände tasten nach ihm, richten ihn auf. Jakob aber knickt in sich zusammen.

»Was ist das?«, fragt die Schwester.

»Eine Art Muskelkrampf«, sagt der Arzt.

Die Schwester versteht nicht.

»Da krampft nichts. Der Körper ist völlig ruhig.«

»Ja, aber die Motorik ist verwirrt«, entgegnet der Arzt lapidar.

Eine Welle, schmerzhaft, stechend. Luft. Atem.

Jakob wacht auf.

Jakob isst weiterhin nicht. Ein Schmerz sucht den nächsten. Das ist einfach. Was trennt, kennt sich. Jakob muss gar nichts tun. Wie Wellen kommen die Schmerzen im Bauch. Der Kreislauf schraubt sich herunter. Oft kann Jakob kaum noch stehen. Jeden zweiten Tag wird ihm der Schlauch jetzt in den Mund geschoben. Er wird zur einzigen Sicherheit. Es dauert drei Tage, um einen Menschen zu brechen. Jakob kann nur mehr liegen. Die Röte des Luftballons ist in die

Haut gewandert, juckt an allen möglichen Stellen. Jakob ist völlig aus sich herausgedreht, die Kehrseite eines Dämmers. Tage vergehen. Hin und wieder nimmt Jakob zwischen den Müdigkeiten Stimmen wahr. Die des Arztes, die in seinem Kopf, die der Krankenschwester.

»Wir müssen ihn stationär behalten. Der wird nicht.«

Wie lang dauert dieser Zustand an? Jahre? Fünf Minuten? In fünf Minuten hat eine Ewigkeit Platz. Eines Tages schiebt eine andere Stimme die Wand und die Müdigkeiten auseinander. Diese Stimme ist vertraut. Eine Stimme als Regenbogen. Eine Stimme, die ihre Hand um Jakob wölbt, der gar nicht weiß, dass er noch da ist. A.

»Schläft er?«, fragt Resi.

Jakobs Blick flackert.

»Er isst nicht mehr«, antwortet der Arzt.

Leuchtende Augen schieben sich durch den Schaum, den die Medikamente und der Hunger um Jakob aufgebauscht haben. Jakob flackert mit den Lidern. Sieht auf. Das Bild der Schwester flimmert vor seinem Blick.

»Jakob«, sagt sie leise, »weißt noch? Der Herzensgrund?«

Stille. Resis Stimme ist ein Stein, der in Jakob hinabfällt. Dort zieht er Kreise. Langsam, aber stetig.

Am nächsten Morgen beißt Jakob in die Frühstückssemmel, die auf seinem Nachttisch liegt.

9. Heimkehr

Und Jakob denkt nur eines: Herzensgrund. Herzensgrund. Wieder heim an den Bergsee. Damit die Fische durch seine stummen Füße gehen können. Wieder heim.

Als die Mutter und Jakob zu Hause ankommen, erwarten Resi und Agathe sie an der Haltestelle.

»Dünn ist der geworden!«, ruft Agathe aus.

Sie ist verwirrt, erkennt den eigenen Bruder nicht mehr. Ein zartes, ausgewachsenes Wesen mit langen Schaufelhänden und mausgrauem Blick.

Resi rollt mit einem blechernen Tretroller an Jakob heran. Sie lächeln einander zu und es ist, als wären die drei Jahre in der Klinik weggewischt. Jakob stupst sie mit seinen Füßen an, immer wieder. Resi stupst zurück. Er betrachtet die weichen Kniekehlen des Mädchens, die ganz frei und nackt sind unter dem kurzen Jeansrock. Resi ist weich geworden, hat sich ausgewachsen. Agathe hat sich in die Länge gezogen, sieht hart und dürr aus.

»Und, wie war es im Deppenhaus?«, fragt Agathe.

»Lass ihn«, winkt die Mutter ab, »verstehst du noch immer nicht, dass er krank ist?«

Jakob aber zeigt keine Reaktionen, stiert nur vor sich hin und klappt seinen Kiefer auf und zu.

Im Kinderzimmer wirft Resi die Tasche auf das neue blaue Himmelbett, das sie extra für Jakob gekauft hat. Sie schält sich aus ihrer schwarzen Jacke und wirft sie in eine Ecke. Jakob sieht sich um. Ein altes Bild und ein neues legen sich ineinander.

»Ich hab dir ein Bett gekauft«, sagt Resi und lächelt, »vom Ersparten. Hab ja im Sommer gearbeitet, auf der Alm. Jetzt wird alles gut.«

Jakob setzt sich. Das Bett ist mit flauschigem Frottee überzogen. Jakobs Hände kriechen über den Überzug. Er lächelt. Es scheint ihm zu gefallen, denkt Resi. Über dem Bett hat die Mutter ein Poster aufgehängt, das eine bergige Landschaft zeigt. Damit der Blick auf eine saftig grüne Wiese fallen kann, hat sie gedacht. Auf dem Bild ist ein weiter Himmel zu sehen. Die Wolken hängen tief und gräulich herab. Jakobs Herz hebt sich. Der Herzensgrund. Er steht auf. Streift orientierungslos im Zimmer umher, bleibt dann neben dem Bett vor dem Schrank mit der Spiegelglastür stehen. Jakob blinzelt kurz und schiebt die Tür zur Seite. Reibegeräusch. Resi legt währenddessen langsam ein Bündel Kleider aus ihrer Tasche heraus. Jakob führt eine Kaubewegung aus, um die Atemlosigkeit abzufangen. Dann verlässt er für einen Moment das Zimmer. Auf der Toilette brechen Tränen aus ihm heraus. Herzensgrund, denkt er, Herzensgrund.

Jakobs Freude ist für immer verschwunden. Aber auch eine Wunde ist nicht da. Die Tage sind hell und sehr klar. Es kommt nur darauf an, dass die Strukturen sich wiederholen. Jakob erkennt alles wieder: Resis Bett mit der leicht zur Seite geschobenen Bettdecke, die Telefonmasten hinter dem Fenster, das Zucken der Taubenköpfchen, das Rauschen der Blätter in den Bäumen. Aber in dem Loch, das er ist, hockt hohl und rot eine schreckliche Erinnerung. Jakob beginnt, an den Fingern zu kauen. Dann steht er auf, bewegt den Oberkörper ruckartig hin und her. Er bewegt sich immer heftiger, beschwört das Licht. Jakob tanzt mit dem Licht, stößt Geräusche aus. Jakob ist wieder ein Strom, treibt wieder in sich selbst als Floß, beginnt, mit den Fingerspitzen Formen in die Luft zu zeichnen, wie er es schon als kleiner Junge getan hat. Ob er die Vergangenheit so zurückzaubern kann in das Zimmer? Jakob seufzt, stoppt die Bewegungen ab und beginnt, die Gegenstände, die in seiner Tasche liegen, an die Orte zurückzulegen, wo sie hingehören. Er nimmt das Holzstück aus dem großen Koffer, den Resi ihm geöffnet hat, und platziert es auf der blauen Unterlage auf seinem Schreibtisch. Dann das Foto des Herzensgrundes, das er immer bei sich hat. Es wird auf den Nachttisch geschoben. Jakob spricht in Gedanken mit den Gegenständen, muss sich neu in ihre Formationen einfügen, die sich nicht ändern dürfen. Weil nichts mehr fix ist. Keine Sprache. Irgendwann merkt Jakob, dass er müde wird. Er legt sich auf das fremde Bett und atmet schwer. Erst später kommt Resi wieder herein. Sie ist ein vierzehnjähriges Mädchen geworden, aufgebauscht und leuchtend. Jakob lächelt. Resi ist jetzt eine Wölbung, aufgeblüht. Stille.

»Bist du glücklich?«, will die Schwester wissen und atmet hilflos in die Nacht hinein.

Stille. In Jakob ringt es nach Luft, schieben sich A-Laute hin und her.

»Ich will in den Herzensgrund«, sagt Jakob irgendwann.

»Da kannst du ja auch hin«, meint Resi verwirrt.

Jakob schüttelt den Kopf.

»Nein«, sagt er, »für immer.«

Wieder Stille. Etwas bricht auf in Resi. Sie schweigt. Tränen steigen in ihre Augen, doch sie greift nach seiner Hand.

»Wenn das dein Wunsch ist!«

Jakob nickt.

»Ich verzicht aufs Erbe. Dafür soll er mir den Herzensgrund geben.«

Resi winkt ab.

»Aber da ist doch nichts, Jakob«, sagt sie, »da kannst doch nicht leben.«

Der Bruder schweigt.

»Bring das mal deinem Vater bei«, meint die Schwester schließlich und lächelt Jakob an.

10. Vatererben

Jakob ist als einer gegangen. Und als ein anderer wiedergekommen. Nur der Sommer ist der Sommer geblieben, und der Herbst der Herbst. Bald kommt er wieder.

Nun also wieder in dieses alte Haus zurück. Daheim ist es, als hätte es das alles nicht gegeben. Jakobs Einlieferung, die Zwangsernährung, die Gewalt. Große Verunsicherung für Jakob. Agathe ist eine Frau geworden und geht jetzt mit Hansl, Resi ist vierzehn und ihr Körper fremd, weich und noch runder als früher. In Jakobs schäumendem Mund fällt alle Angst zusammen. Er hat keine Idee, wie er umgehen soll mit der veränderten Welt.

Jakob betritt das Zimmer seiner Eltern. In sich zusammengekrümmt sitzt der Vater im Lehnstuhl und dreht ein Glas Wein in seinen Händen hin und her. Ein Bauer darf immer seinen Wein trinken. Es hilft ihm. Ein Bauer arbeitet zu viel. Ein Bauer hat neben seiner Frau und den Feldern und Traktoren nur die alten Trauben und seine Stammtischrunde.

Als Jakob das Zimmer betritt, hebt der Vater kurz den Blick. Jakob sieht ihn lange an. Die Angst wird groß, rot und rund im Zimmer. Die Kieferknochen des Vaters malmen.

»Ja?«, sagt er.

Jakob nähert sich dem Vater mit einem Schritt.

»Bitte Papa, lass mich in den Herzensgrund«, sagt Jakob da. »Ich verzicht auch auf das ganze Erbe.«

Seit den Pillen kommen die Worte leichter, weil eine Wand die Gesichter ein Stück weit verdeckt, sie durch eine Schaumschicht von Jakob trennt. Doch der Vater ist immer noch ein Vaterschlagen, und rot wie die Agathe ist der Vater. In Jakobs Mund wird die Angst groß. A.

Der Vater seufzt. Er wischt sich über die Augen. Nie spricht der Vater viel. Ein Mann spricht nicht viel, wenn er ein Bauer ist. Jakob sieht den Vater an und bemerkt, dass seine Unterlippe für einen Moment bebt. Er wünscht sich mehr weiße Wolken von den Pillen. Jakob strauchelt innerlich, er ist ein Fisch am Haken. Der Vater hat ihn jetzt. Jetzt hat der Vater das letzte Wort über Jakob. Stille. Schließlich kommt eine Antwort aus dem Vater.

»Ist gut«, murmelt er in seine geöffnete Hand hinein, »du bist ohnehin eine Schand' für unsere Familie. Dass man dich in die Narrenanstalt schicken musste … zum Schämen ist das.«

Jakob nickt. Ja, eine Schande, a, ja, a. Stumm wie ein Fisch. Aber frei jetzt. In Jakob reißt etwas auf, das Herz regt sich. Der Himmel wartet auf ihn. Nie wieder muss Jakob etwas essen, das Augen hat.

»Danke«, sagt Jakob und dreht sich um.

Die Mutter steht an der Tür. In ihrem Blick bricht etwas auseinander. Sie beginnt, lautlos zu weinen. Jakob streckt seine Hand aus. Doch da ist keine Rundheit mehr, auch keine Sterne, die die Mutter aussendet. Eine Frau ist schnell verblüht, wenn das Leben sie schlägt.

»Danke!«, flüstert Jakob ihr zu.

Dann geht er in sein Zimmer und packt.

11. Die Freiheit der Fische

Es ist ein Sonntag und Jakob hat alles zusammengepackt. Man kümmert sich nicht um ihn. Ein Bauer hat seinen Alltag zu bewältigen. Eine Mutter muss zusehen, dass das Essen auf dem Tisch steht. Sonst wird sie ausgerichtet. Agathe gibt es hier nicht mehr. Resi ist in der Schule. Der Morgen bricht den Himmel auf und Jakob gibt es wieder. Keiner kümmert sich, was da noch wird. Und niemand interessiert sich für den kleinen See und die paar Fische. Ist ohnehin nur Arbeit.

Jakob verlässt sein Elternhaus. Kaum hat er die Schwelle überschritten, entledigt er sich seiner Schuhe und beginnt zu wandern, die Lichtung entlang. Lachend läuft er ein Stück weit über den Feldweg, bis er den See seiner Kindheit erreicht. Er schält sich aus seiner Kleidung, springt nackt in den Bergsee. Schwimmt, taucht. Die Sonne spiegelt sich glitzernd auf den Oberflächen der Wellen. Jakob lässt sich treiben. Einige Minuten verharrt er in Stille im sonnendurchfluteten Seewasser. Ein treibender Körper ohne Ränder, für den alles aufgeht. Wie Sonne durch Glas scheint, ohne es zu zerstören, geht die Natur durch Jakob, schwimmen die Fische zwischen Jakobs Beinen. Jakob ist transparent, durchscheinend. Und zum ersten Mal in seinem Leben darf er das auch sein.

An diesem Tag geschieht es: Zum ersten Mal spricht das Wasser zu Jakob.

»Ich komme in Wellen«, sagt es zu seiner Haut.

»Ich weiß«, antwortet Jakobs Haut.

»Alles kommt in Wellen im Leben.«

Jakob lächelt. Nie wieder wird er allein sein. Jakobs Körper spricht jetzt mit allem, was aus sich herauswächst. Was wahr und richtig ist. Jakobs Augen müssen keine Gesichter mehr ansehen, in denen sich komische Linien und Falten bilden, die er nicht zu lesen weiß. Nie wieder muss Jakob sich vor dem Dröhnen eines Traktors oder unter dem lauten Geräusch eines Flugzeugs krümmen. Jakob muss keine Pillen mehr schlucken, die ihn müde machen und lustlos und die Wände zwischen ihn und alles schieben. Wände aus Weiß, die die Farben töten. Jakob ist zurück in einer Mitte, in der alles seine Heimat hat. Die Sprache des Wassers ist vertraut und nahe.

»Komm, ich trag dich noch ein wenig«, sagt das Wasser.

»Ja«, antwortet Jakobs Leib wie von selbst.

Jakob schwebt auf der Oberfläche.

»Ist das schön?«, fragt das Wasser langsam, monoton und ohne Gefühl.

Es ist eine Sprache ohne Sprecher, ohne Gesicht. Eine Sprache der Wiederkehr. Jakob lächelt.

»Ja«, murmelt Jakobs Körper, während Jakob ein paar Ruderbewegungen ausführt.

Glitzernde Sonne im See. Jakob zählt die Flecken und speichert die Anordnung ab, für immer. Es ist die Formation der Freiheit, die sein Gehirn aufnimmt.

Jetzt beginnt Jakob.

12. Heimgrund

Als Jakob einige Wochen später von einem Waldausflug zum Herzensgrund heimkehrt, sieht er die Gestalt des Vaters, das Auto, und wie der Vater den Motor startet und verschwindet. In dem Moment erkennt Jakob, dass der Stadel im Herzensgrund brennt. Jakob erstarrt. Starrt reglos in die Flammen, doch die Hitze, die ihm entgegenschlägt, ist unerträglich. Sie presst die Lungen zusammen. Nimmt ihm den Atem. In Jakobs Kopf haben Worte keinen Platz. Jakob drückt seine Finger gegen die Brust und dreht sich um. Er läuft. Läuft. Seine Kindheit brennt in seinem Rücken, seine Sohlen brennen. In der Mitte ist ein Loch. Wohin nur, denkt es in Jakob, wohin.

»Geh auf den Berg!«, schreit der Wind.

»Geh auf den Berg«, flüstern die Tannen.

Auch die Gräser buchstabieren es für Jakobs Sohlen: »Geh auf den Berg.«

Jakob gehorcht, ohne Fragen zu stellen. In seinem Kopf überschlagen sich die Gedanken. Die Sommer spulen sich im Zeitraffer vor seinem inneren Auge ab. Die Dornen in Agathes Haar. Die Spiele mit Resi. Die Scheite, die es in der Dichtigkeit der Tage zu schnitzen galt. Alles ist dabei, zu verbrennen. Und der Vater hat es getan. Ein Vaterschlagen, das rot ist wie eine Wut, duldet nicht, dass ein Jakob glücklich ist. Jakob läuft, hastet, sein Atem hechelt. Jakobs Beine holen aus. Es sind nicht mehr die Beine eines Knaben. Es sind die Beine eines Mannes, hager und lang. Sie können viel Weg auf einmal nehmen. Sie tragen diesen Körper. Jakob läuft. Schon bald bieten wispernde Schatten Zuflucht.

»Wir bergen dich«, zischen die Wipfel des Waldes.

Jakob kann nicht »danke« sagen. Kann auch nicht »A« sagen. Jakob ist außer sich. Er möchte schlagen, kerben und Ritzen finden gegen diese Atemlosigkeit. Dumpf und dunkel liegt der Wald um ihn herum. Jakob spürt einen stechenden Schmerz in der Lunge, so schnell läuft er. Es brennt. Das Haus am Herzensgrund brennt. Jakob atmet schwer. Wie kann das sein. In Asche bröckelt jetzt seine Heimat und damit alles, was er in seinem Leben gehabt hat.

Plötzlich. Eine kleine Ebene neben einem felsigen Hügel, der wie die Giebelwand eines Hauses so steil abfällt, dass man nur schwer an die Stelle herankommt. Jakob hält inne.

»Hier ist es gut«, flüstert der Wind in sein linkes Ohr.

Jakob nickt. Er sieht sich um, geht einige Schritte näher auf den Felsen zu. An der Vorderseite befindet sich eine Höhlung, die an den Eingang eines alten Kellers erinnert. Der Eingang ist schmal. Jakob streift weiter, ins Dunkel der Höhle hinein. Kurz muss er an die Spalten denken dabei.

»Ich verwunde dich nicht«, sagen die Wände der Höhle.

Jakobs Hände tasten. Schräg fällt das Sonnenlicht auf den Boden, in kleinen Streifen. Weiter hinten wird der Innenraum breit und breiter. Auf einmal fällt Jakob beinahe nach vorne. Unglaublich, am Ende der Höhle befindet sich ein steil abfallender Gang. Jakob lächelt. Hier würden sich Nahrungsvorräte gut verstauen lassen, für die Winter. Das hat Jakob von den Eichhörnchen gelernt. Jakob atmet tief ein und aus. Er versucht, sich noch einmal an den Vater zu erinnern, um das Bild zum Wind zu legen. Doch es gelingt nicht. Das Bild des Vaters ist verstummt in Jakob. Jetzt beginnt etwas Neues, etwas Eigenständiges.

Auf einer grünen Fläche neben dem Felseingang beginnt Jakob, seine Kleider auszubreiten. Keiner bringt einem bei, wie man neu anfängt. Aber in der Natur kehrt alles wieder. Jakob versucht, von der Natur zu lernen. Einige Samen, die er in seiner Tasche hat, fallen heraus. Jakob bückt sich. Es ist Korn. Er hebt es auf.

»Ich schmecke«, sagt das Korn, »pflanze mich an und warte ein wenig.«

Ein Korn birgt ein Feld, so wie ein Jakob die Welt ist, wenn er die Dinge der Welt ansieht. Nichts kann also geschehen. Jakob sieht sich um. Der ebene Platz ist nicht mehr als zehn Meter breit und nur etwa zweimal so lang und fällt an seinem Ende unregelmäßig ins Leere ab. Er liegt auf der anderen Seite des Hügels, sodass Jakob vor der Höhe geschützt scheint.

Jakob zieht vor der Höhle einen Halbkreis. In diesem Halbkreis schlägt er in zwei Reihen Holzscheite in den Boden bis sie fest wie Pfeiler verankert sind. Sie ragen nun etwas aus der Erde und sind oben zugespitzt. Darüber spannt Jakob sein Zelt für die Sommer. In den Wintern wird die Höhle zu seiner Behausung. Jakob streicht den Vater durch. Er streicht die Vergangenheit durch. Denn in der Natur wiederholt sich nur, was Sinn macht.

13. Wieder Resiwölbungen

So verstreichen die ersten neuen Tage. Jakobs Höhle ist ein Nest. Eine Wölbung der Behaglichkeit, wie damals die Resi es war. Nach einiger Zeit beschließt Jakob, sich Werkzeug und andere Utensilien aus der kleinen Abstellkammer im Stadel neben dem Bauernhaus seiner Eltern zu holen. Es wird das letzte Mal sein, dass Jakob sich diesem Ort nähert.

Jakob weiß, wo die Gerätschaften im Stadel zu finden sind. Sein fotografisches Gedächtnis hat die Aufbewahrungsorte markiert und abgespeichert. Der Schlüssel liegt in der alten rostigen Milchkanne neben dem Wassertrog aus Holz. Jakob nestelt ihn hervor und öffnet die knarzende Tür. Er schleicht sich ins Innere der Abstellkammer, doch da taucht plötzlich eine gewölbte Güte auf, die immer Bescheid weiß.

»Jakob!«, ruft Resi aus.

Der Bruder dreht sich um und zittert ein wenig.

»Was ist los?«, fragt Resi, »wo bist du? Wir haben uns so gesorgt, Jakob. Es hat gebrannt.«

Jakob weiß nicht, was er sagen soll.

»Manchmal verlieren die Menschen ihre Gesichter«, sagt er, und das stimmt so nicht ganz. Eher ist es ja so, dass die Gesichter aus den Menschen heraussteigen und viel zu nahe kommen. Oder. Jakob ist still und denkt nach.

»Und manche verlieren es für immer. Zum Beispiel der Vater.«

Resi atmet tief ein und aus. So klar hat sie den Bruder noch nie sprechen hören. Er tut es zwar sehr langsam, aber jedes Wort kommt ihm ohne Stottern über die Lippen.

»Dann«, sagt Resi, »musst du atmen. Das mach ich immer, wenn ich mich nachts fürchte. Atmen, bis jeder sein Gesicht zurückhat.«

Jakob nickt und blickt zu Boden.

»Hilfst mir?«, fragt er.

Resi blickt ihn irritiert an.

»Womit?«

»Ich geh in die Höhle am Kogel«, sagt er, »und brauch Sachen dafür.«

Jakob sieht, wie Resis Augen gläsern werden. Resi streckt ihre Hand aus und mit einem Mal scheint sie zu verstehen, woher Jakobs Schmerz kommt.

»Du glaubst doch nicht, dass der Vater …?«

Jakob schweigt. Resi antwortet nicht. Sie umklammert ihren Körper. Der Rest bleibt unausgesprochen zwischen ihnen. Dann greift Resi nach Jakobs hagerer Hand. Resi streichelt Jakob und das Streicheln ist ein Wind, eine Pflanze in Jakobs Hand, die sie durchwächst, bis er eins mit ihr wird.

»Hilfst mir?«, fragt Jakob noch einmal. Resi nickt.

Jakob kehrt mit mehreren Schaufeln, Zangen, Brennholz, Wasser, Milch, Kleidung, einigen Laken, ein paar Töpfen, gesammelten Beeren, Decken, einem Korb voll Brot und noch ein paar anderen Dingen zur Höhle zurück. Noch ist Sommer. Auch ein Zelt ist eine Höhle. Jakob breitet das Laken im Wind aus. Es ist ein Vogel, das von fernen Ländern erzählt. Von Reisen, die Jakob nie antreten wird. Auch von Vergangenheiten. Von Kindheiten, in denen sich Köpfe in Pölster graben. Jakob spannt das Laken über die Pfeiler, sodass eine Art Zelt entsteht. Resis Gesicht taucht vor seinem inneren Auge auf. Die Wölbungen, die er mit ihr in die Kissen gegraben hat. Resis Gesicht, wie es wieder hervorkommt, lächelt, ihm entgegenblinzelt. Jede Höhle riecht nach Resi. Und Resi ist gut. Nicht ganz so gut wie die Fische und nicht ganz so stumm. Aber gut. Jakob rollt sich unter dem Laken in sich selbst zusammen. Der Atem ist eine Wiege, die ihn in seine Mitte bringt. Dorthin, wo nichts ist. Er atmet tief ein und aus. A. Das, was sich dann über Jakob wölbt, heißt Schlaf.

14. Festungen, Reichtümer

Am nächsten Tag schichtet Jakob seine Reichtümer in der Höhle auf.

Hierauf macht er sich daran, ein Loch in den Felsen zu schlagen, trägt alle Erde und Steine, die er dabei losarbeitet, durch das Zelt und legt sie terrassenförmig um den Zaun, sodass der Erdboden an dessen Innenseite höher wird als außerhalb.

»Pass auf, hier kommt eine Wurzel«, sagt die Erde.

Die Rede der Erde stockt nicht. Die Rede der Erde kommt und geht mit Bedacht. Dazwischen bleibt sie. Von der Erde lernt Jakob, dass eine Rede ohne Stottern sein kann. Ohne Sprünge, Hecheln, Atemlosigkeit oder Angst.

»Danke«, antwortet ein Jakob als Hand der Erde.

Die Erde lächelt und ist weich und gut dabei. Haben sie den Menschen erfolgreich ausgeredet, dass die Erde ihre Freundin ist, denkt Jakob. Es scheint so. Immer arbeitet alles gegen sie. Reißt aus, pflügt, ordnet ein.

»Und dann legen sie die Toten erst wieder in dich zurück«, flüstern Jakobs Hände zart, während sie graben.

»Tut das weh?«, möchte er wissen.

»Asphalt tut weh«, sagt die Erde, »weil er stumm ist.«

Jakobs Hände lachen.

»Kein Fisch ist so stumm«, entgegnen sie.

»Nein.«

Die Erde ist rund wie die Mutterwölbung, aber ohne Sprache und darum in sich selbst ohne Abweichung gut. Die Erde, eine fremde Handhöhle. Geborgte Mutterhand. Diese Hand ist weich, sie weiß, wie man gibt und wie man nimmt. Jakob hält inne. Nun fällt ihm doch die Mutter wieder ein.

Auch die Mutter sollte in seinem Kopf durchgestrichen werden. Wie der alte Jakob. Nur Resi darf bleiben, denkt Jakob. Aber wie die Erinnerungen an ihre Gitarre spielenden Finger vergessen, den Maulbeersaft und die Sterne in ihren Augen? Wie die traurige Musik vergessen, die Musik der Mutter, die Jakob als Kind immer sein wollte? Jakob seufzt. Er hat ein kleines Loch gegraben. Hier, denkt er, ist der richtige Ort. Hier wird Korn wachsen.

Korn wächst nicht über Nacht. Mütter lassen sich nicht einfach aus dem Herzen streichen. Nachts gehen Jakobs Atemzüge sehr laut und der Wind ist auf einmal ein Schmerz im Herzen. Alles schreit aus der Vergangenheit. Schreit bis hinauf zu Jakob und dem Felsen. Jakob liegt unruhig da. Rollt sich von einer Ecke zur anderen. Der Wind spielt ein wenig mit dem Laken. Doch die Vorrichtung ist gut gebaut. Jakobs Hände wissen, wie sich etwas errichten lässt. Sie finden die notwendigen Stellen. Die Menschen haben sie nie gefunden. Jakob versucht, zu begreifen, warum man ihn in die Nervenheilanstalt gebracht hat. Das schöne Mädchen fällt ihm wieder ein. Doch das schöne Mädchen durchzustreichen geht leicht. Jakob wird es auf den Spielplatz legen, als Vergangenheit, als Sehnsucht, die verpufft. Jakob versucht, einen Rahmen für die Mutter zu finden, in der sie Platz hat. Damit er sie abstellen kann, irgendwo am Wegrand. In der Gegenwart schneidet das Bild, tut weh und bleibt als letzter Rest, der ihn hinunterziehen möchte. Hinunter in den Hof, in die Hässlichkeit, in der die Traktoren dröhnen, die Männer aus dem Mund nach Trauben riechen und die Gesichter ihre eigenen Grenzen nicht kennen. Jakobs Augen schmerzen. Sie fühlen sich rot an. Jakob möchte sie endlich in den Schlaf hüllen können, doch es geht nicht.

»Mutter«, sagt Jakob.

Stille. Er wiederholt es, und dann noch einmal. Langsam. Das hat er vom Wasser und der Erde gelernt. Jakob ist jetzt kein Stotterer mehr.

»Mutter.«

Aber eine Mutter kann nicht von überall antworten. Vor allem nicht, wenn sie eine andere Sprache spricht als der Sohn.

15. Fischdaheim

Am nächsten Morgen wandert Jakob zu dem Fluss nahe der felsigen Anhöhe und stellt seine Füße hinein. Er wartet, wartet. Immer schon ist es Jakob leichtgefallen zu warten. Schließlich geschieht etwas. Aus Tag wird Nacht. Aus Nacht Tag. Die Jahreszeiten wechseln einander ab. Wenn ein Tag voranschreitet, geschieht ein Feuerwerk, ohne dass man dafür etwas tun muss. Das Licht ändert sich. Die Sonne wandert. Die Wolken machen es ihr eifrig nach. Nie gleicht eine Farbschattierung am Himmel einer anderen. Strahlen glitzern an der Oberfläche des Wassers und zum ersten Mal hat Jakob Zeit, ihre Anordnungen genau zu betrachten. Sie werden abgelegt in Jakobs Kopf, drücken sich in die Wahrnehmung hinein, langsam, gedehnt. Endlich ist Zeit. Nach und nach halten die Fische zu Jakobs Füßen inne. Immer mehr kommen. Jakob lächelt. An den Fischen misst Jakob sein Glück. Jakob steht da und steht. Der Prozess erstreckt sich über einige Stunden. Hier gibt es keine Störung. Keine Schnitte. Hier kann Jakob ohne Ränder sein und sich im Blick auflösen. Die Kanten und Ecken der Strukturen verändern sich lautlos, viel weicher als in den Bewegungen und Mienen der Menschen. Die Mienen der Natur sind gütig, ohne von sich zu wissen. Sie sagen niemals »ich« wie ein Mensch »ich« sagt, darum schlagen sie auch nicht. Jakob lächelt einen der Fische an, der immer wiederkehrt. Irgendwann legt er sehr behutsam seine Hand auf einen der kühlen Fischkörper. Stille. Der Fisch bewegt sich nicht. Zuckt nicht auf. Die Sonne scheint.

»Ich fließe«, sagt die Haut des Fisches.

Und dann lange nichts.

Und später: »Ich bin Wasser.«
»Ich auch«, antwortet Jakobs Hand.

16. Wenn es sich zusammenrollt

Als Jakob nass zu seinem Zelt am Felsen zurückgeht, erscheint eine kleine Katze am Wegesrand. Ihre Augen sind gerötet, ähnlich wie die von Jakob. Jakob lächelt sie an. Beugt sich nieder. Sehr langsam streckt Jakob seine Hand aus. Einzelne Tropfen perlen von seiner Kleidung, seinem Haar. Die Katze tapst ein paar Schritte zurück und gibt einen maunzenden Laut von sich. Jakob lächelt. Einige Minuten vergehen. Wind kommt auf. Jakob verharrt reglos. Das hat er von den Bäumen gelernt. Nach einiger Zeit nähert sich die Katze wieder. Stupst Jakobs nasse Finger an und hustet kurz. Das Tier passt in Jakobs hohle Hand. Jakob ist jetzt eine Resi für die Katze. Sein Lächeln vertieft sich. Mit einer vorsichtigen Bewegung hebt er das Tier in die Höhe und trägt es mit sich. In Jakob murrt etwas, und auch er beginnt zu murren. Schließlich maunzt die Katze zweimal kläglich. Erst nach und nach stimmt sie in das Murren ein.

Später schichtet Jakob Brennholz zu einem Haufen. Noch hat er einige Streichhölzer, die Resi ihm in die Hosentasche gesteckt hat. Jakob legt sie neben sich auf den Boden, zählt sie ab, immer wieder: eins, zwei, drei, vier, fünf, sechs, sieben, acht. Jakob weiß, dass das achte Streichholz eine Marke setzt. Er wird lernen, allein durch Reibung Feuer herzustellen. Jakob seufzt. Die Katze ist ein Tapsen um Jakob herum. Eine zärtliche Bewegung, die sich immer wieder an seine Beine drückt. Fast so etwas wie eine Resi, denkt Jakob. Was die Schwester wohl sagen würde zu dem Tier, fragt er sich. Jakob entzündet ein Streichholz.

»Ich bin gefährlich«, zischt die Flamme auf. Fast springt sie Jakob ins Auge. Jakob sieht sie gebannt an. Spannung erfüllt seinen Körper.

»Ich weiß«, antwortet Jakobs Hand und geht vorsichtig mit dem Feuer um.

Rot züngelt es ihm entgegen. Jakob nährt ein Holzscheit mit dem Feuer. Die Sonne versinkt als riesengroßer Ball am Horizont. Wolkenfetzen hängen als Haut um sie herum. Eine stumm singende Sonne. Das Feuer zwischen Jakobs Fingern spricht mit dem Holz.

»Ergib dich«, sagt es, vielleicht aber auch: Gib dich hin.«

Ein Knacken. Ein Knistern. Das Holz gibt sich hin, wie alles sich hingibt in der Natur. Nichts weiß von seiner Existenz. Die Dinge gehen ineinander über, so wie Jakob übergeht in das, was ihn umgibt. Die einzige Trennung nennt Jakob Struktur. Sie vergittert den Tag, damit er nicht völlig aus den Fugen bricht. Das Feuer knackst und kracht, die Holzscheite fallen in sich zusammen. Die Katze liegt inzwischen eingerollt in sich selbst da. Jakob steht auf und geht in die Höhle, sucht nach einem von Resis Töpfen und gießt Wasser hinein. Seine Hände zittern, die Oberfläche des Wassers zittert mit, als Jakob sich zurück ans Feuer setzt. Er stellt der Katze das Wasser hin und das Wasser sagt:

»Ich bin ein Zähmen.«

Die Katze reckt das Maul. Im Feuerschein kann Jakob die Kontur einer vermutlich blassrosafarbenen Zunge erkennen. Die Zunge fährt aus, verschwindet im Topf. Die Katze trinkt. Ihre Bewegungen sind gierig. Ein Maunzen dringt aus ihr. Jakob, der seine durchnässte Kleidung neben dem Zelt auf einen Baum gehängt hat, hockt da, lässt das Feuer seinen Körper besingen. Langsam wärmt sich dieser auf. Für einen Moment muss Jakob an Wut denken, wenn er das Rot betrachtet. Doch das Feuer ist von einem anderen Rot als das von Agathe und das des Vaterschlagens. Sein Rot kennt keinen Abgrund. Jakob horcht. Er sitzt vor seinem Zelt, den Kopf in den Nacken gelegt. Adler umkreisen ihn und mit jedem Flügelschlag zieht Jakob ein Stück weit mit. Er rudert er in der Luft und imitiert Schwimmbewegungen. Wie damals, als er aus dem Fenster gesprungen ist, um das Fliegen zu lernen.

Als Jakob später in die Höhle zurückgeht, hat sich die kleine Katze schlafend in seinem Pullover zusammengerollt. Jakob lächelt.

HERBST

1. Vorbereitungen

Wurzelig sind die Wege zum Teich auf der Anhöhe. Zu Beginn eine weite, grasüberwucherte Ebene. Jakob blickt in den Teich. Kaulquappen schwimmen im klaren Wasser umher. Jakob sieht die Schwänzchen an, diese komischen Körper, die nur aus einem Kreisrund und einem Ruder bestehen. Flink bewegen sie sich im Wasser, zerstieben vor seinem Blick. Jakob denkt, dass es irgendwie mit den Spalten zu tun hat, doch er weiß nicht, wie. Er fokussiert die kleinen bewegten Wölkchen. Dass daraus Frösche werden, hat ihm Resi einmal verraten. Und die schleimigen Patzen, die da so herumschwimmen, heißen Laich, hat sie erzählt. Es riecht nach Herbst. Jakobs erster Herbst in der neuen Heimat. Seerosen reiten auf der Oberfläche, sehen fast schon vertrocknet aus. Jakob geht weiter, kundschaftet sein Areal aus. Er muss alle Wege kennen, die Tiere, die Rhythmen und Strukturen in der Landschaft. Das gibt eine Sicherheit für eine neue Welt, die sonst auseinanderbricht. Neben dem Teich steht ein verzweigter Baum. Jakob klettert zwischen das Geäst, schält sich aus dem Blätterwerk.

»Ich helfe dir«, sagt der Baum.

»Danke«, entgegnen Jakobs bloße Füße, doch sie bluten dabei ein wenig.

Als Jakob an der Spitze des Baumes angekommen ist, keilt er sich mit den Kniekehlen an einem Ast fest und lässt den Kopf nach unten baumeln. Wie das Haar hängt. Wie der Kopf und die Hände sich lasch anfühlen und übergehen in die Luft.

»Wir sind leicht«, sagen Jakobs Kopf und die Luft gleichzeitig.

Das Blut pocht in den Schläfen. Stärker und stärker. Jakob baumelt mit seinem Körper hin und her. Jakobs Haar ist lang geworden, es peitscht. Lächelnd wippt er auf den Ästen, guckt dann in die Wolken. Es ist immer eine Aufgabe, die Krone zu erklimmen, weiß Jakob. Doch die Beine sprechen mit der Rinde, spüren ihre Unebenheiten. Jakob streckt die Füße aus. Mit den Füßen ins Nichts hineinzuschlenkern macht kleine Hüpfer im Bauch. Bald wird der Herbst ganz da sein. Wie schnell vergisst man ein Leben? Wie schnell wächst Korn? Wie viele Winter lassen sich mit der Wärme einer Katze ertragen?

Ein Jahr später. Am Ende des Sommers. Jakob sitzt wieder unter seinem Zelt. Aus den paar Ähren, die er davor gepflanzt hat, hat sich ein kleines Feld entwickelt. Die Katze läuft zu Jakob. Sie ist gewachsen. Die Katze hat Kinder geboren, so wie die Erde das erste Korn. Es sind zwei Ähren, Jakob knackt die Körner mit den Zähnen, immer wieder.

»Malme mich«, knirscht das Korn.

Der letzte Winter war kalt, aber Jakob hat einen Beerenvorrat angelegt. Er ist mit der Katze in der Höhle gesessen, hat Strukturen in Holzscheite geschnitzt. Wie schnell die Tage vergingen. Sie ähnelten einander wie die Holzscheite. Auch der nächste Winter wird ein guter Winter sein. Noch wird er von den Beeren und Wurzeln leben, aber bald schon auch von seinem Korn. Jakob sieht sich um. Der Boden, das Gras. Niststätte des Lebens. Jakob bewacht den Schlaf der Katze, wie der Nachthimmel ihn bewacht. Die Wolken ziehen in Herden über die Tage.

Drei Jahre später schält Jakob die Ähren, die reif geworden sind, und bewahrt diese sorgfältig in einer kleinen Truhe auf, die er damals vom Hof geholt hat. Er beschließt, die darin enthaltenen Körner wieder auszusäen, und hofft auf eine hinreichende Menge an Frucht, um Brot daraus zubereiten zu können. Jakob weiß, dass die Erde vielfach zurückgibt, was man ihr schenkt. Er lächelt. Wischt sich über den Bart. Die Katze hat jetzt ein Junges bei sich, das schwarz ist und einen weißen Fleck auf der Stirn trägt. Einen Fleck wie einen Stern. Die Katze hat ein Junges und Jakob sein Korn.

Das linke Auge von Jakob hat gelitten. Andere Katzen sind gestorben. Doch auch ohne sie wird wieder Frühling sein.

2. Korn, das Leben

Es dauert sechs Jahre, bis Jakobs Korn in voller Blüte steht.

Im ersten Jahr ziehen Regen, Wind, Schnee, Hagel und Erinnerung an ihm vorüber wie Wolken. Doch es ist kein Jahr des Blühens. Jakob hat das Korn unmittelbar vor den trockenen Monaten ausgestreut, sodass die Aussaat nicht aufspringen kann. Der Ertrag beschränkt sich auf einige kleine Kerne, die Jakob aus den Ähren schält und mit den Zähnen zerbeißt.

Auch im zweiten Jahr ziehen die Wolken dahin. Sobald die Ähren reif geworden sind, bewahrt Jakob sie sorgfältig auf. Er beschließt, die darin enthaltenen Körner wieder auszusäen. Denn in der Natur vermehrt sich, was man der Erde schenkt.

Erst im vierten Jahr kann Jakob sich erlauben, von diesem Korn zu essen, und selbst dann nur sehr sparsam. Jakob lebt von klebrigen, sauren Wildbeeren, zähen Wurzeln und von der Sonne. Liebe, über den Himmel gestreut.

Im sechsten Jahr steht das Korn in voller Blüte. Es wiegt sich mit dem Wind. Es ist viele, aber dennoch ist es eines. Jakob erntet, was sehr lange dauert. Das Herausschälen der Körner ist ein mühseliger Prozess. Doch Jakob ist beharrlich, der Rhythmus war stets sein Freund. Eine große Sicherheit liegt in den goldgelben, kitzelnden Ähren. Jakob lässt das Korn in den Topf fallen. Die Geräusche des fallenden Kornes trommeln den Takt.

Am nächsten Tag werden die Körner zerstampft und kleingerieben. Jakob hat die stärksten Steine aus dem Wald geholt.

»Wir sind«, sagt der eine.

»Wir fallen und malmen«, sagt der andere.

Jakob baut mit den Steinen seine eigene Mühle. Die Tage vergehen. Diesmal kerbt und ritzt Jakob nicht. Jakob mahlt. Er zerreibt das Geschenk der Erde sorgfältig zu gelbem Sand. Zuerst ist er groß, hart, doch mit der Zeit verwandelt sich der verklumpte Sand in feinen Staub. Der Staub lässt sich, vermengt mit Wasser, in einem Topf erhitzen. Der Topf wird geschlossen und über das knacksende Feuer geschoben. Es brodelt. Jakob lässt den Topf, in dem sich eine Flüssigkeit gebildet hat, über dem Feuer stehen. Irgendwann hat diese ihre Konsistenz verändert. Bald kann Jakob sein eigenes Brot backen.

Jakob macht bald eine weitere Entdeckung: An den Wänden der Höhle lässt sich Salz abbauen. Jakob kann es mit seinem Messer abschaben.

3. Ein Vaterschlagen kehrt zurück

Bei Einbruch der Dämmerung errichtet Jakob ein Lagerfeuer. Es ist ein Tag, getaktet wie jeder andere. Nichts Außergewöhnliches sollte geschehen. Doch plötzlich erscheint eine schwarzweiß gestreifte Katze am Wegesrand. Jakob erkennt es schon von Weitem: Sie trägt einen Körper im Maul. Der Körper ist nass und schillernd. Er glitzert in den letzten Fäden des Sonnenlichts immer wieder auf. Es ist der Körper eines Fisches. Jakob steht auf. Die Katze läuft auf ihn zu, legt den Körper vor Jakob auf dem Boden ab. Jakob ist ein Stein. Aus ihm stieren die Augen. Sie stieren auf den schillernden Leib.

»Ich ess nichts, was Augen hat«, dröhnt die eigene Stimme in Jakobs Kopf.

Mit einem Mal platzt das Durchgestrichene wieder hervor, schwappt als Erinnerung über Jakob. Und da ist diese Hand, die ausholt, schlägt, immer wieder, da ist der Mundgeruch des Vaters, Alkohol, scharf und schneidend. Und genau so, wie die Hand in Jakobs Kopf ausholt, holt seine eigene Hand aus. Die Hand packt die Katze am Nacken, beutelt und schüttelt sie. Das Tier wehrt sich, die Krallen schärfen sich, ein Fauchen. Die Katze ist ein stacheliger Ball, der um sich schlägt. Zischend. Aber da schlägt auch Jakob weiter. Weil das Schlagen immer wieder nur sich selbst sucht. Jakob holt aus und hämmert den pelzigen Ball gegen den Boden. Wieder und wieder. Das Hämmern hat einen Rhythmus, es bietet Sicherheit. Jakob schlägt mit dem Stachelball gegen den Erdboden, bis das Fauchen abbricht. Dann lässt er den Körper fallen. Reglos bleibt er liegen. Langsam findet Jakob in seine Ränder zurück. Jakob wartet darauf, dass die Katze wieder aufsteht. Aber die Katze steht nicht mehr auf.

Die Augen sind geschlossen. Starr aufgerissen sind die des Fisches. Jakobs Gaumenzäpfchen schwillt an. Vor seinen Augen liegen ausgebreitet zwei Tote nebeneinander. Mit einem Ruck fällt Jakob auf die Knie, hebt die Katze hoch, dreht sie hin und her, beginnt, sie zu schütteln. Als könnte die tote Katze sich selbst noch irgendwie ausspucken, so sehr rüttelt Jakob an ihr. In dem Moment erscheint die zweite Katze. Sie sieht Jakob an. Es ist der Blick einer Mutter. Sie sieht den Fisch an. Dann nur mehr Fauchen. Jakob hält inne. Seine Augen schmerzen, Schleim hat sich in den Augenhöhlen gesammelt. Jakob seufzt, fährt sich über das Gesicht. Dann beginnt er, haltlos zu weinen.

Festschlagen

Im Winter regnet es weiße Flocken und die Tage sind durchsichtig. Je kürzer sie dauern, desto klarer leuchten sie. Sie haben eine komische Milde und hinter dem Haus liegt dann immer ein Geheimnis, denkt Jakob. Es ist, als würden die Tage sich selbst durchschauen. Sie sind transparent, wie aus Pauspapier, Jakob kann die Bilder abpausen. Hin und wieder legt er sie vor dem Schlafengehen in seinem Kopf übereinander, sodass ein Kaleidoskop entsteht. Es gibt auch dunkle Tage, und die Dunkelheit macht sie klar. Diese Tage gefallen Jakob am besten. Sie sind grau, sie dehnen sich. Man hat immer Hunger und möchte an der Heizung hocken. Diese Tage erwarten die Nacht, und Jakob wartet mit ihnen und verliert sich in den Strukturen des Fußbodenholzes. Zählt Ritzen, Kerben. Die Schwärze der Tage, die nur hin und wieder von ein wenig Licht durchbohrt wird, oder von dem Geschmack nach Weißbrot im Mund aufgeplustert, kommt Jakob ehrlicher vor. Dann ist es nicht verwunderlich, dass der Verrückte im Dorf, der damals mit nur einer Hand aus dem Krieg zurückgekehrt ist, von den Kindern mit Steinen beworfen wird. Dann macht das Vaterschlagen keine Angst und auch Agathe ist freundlich, denn bald kommt Weihnachten. Sie trinkt dann den ganzen Tag Früchtetee und hockt vor dem Fenster.

»Kommt, Kinder!«, ruft die Mutter fröhlich, als es Nacht wird.

Sie öffnet die Tür zum Wohnzimmer, Jakob kennt das schon. Der Vater schichtet Holzscheit um Holzscheit in den Kamin, auf dem Tisch steht eine kleine Pfanne, in der Weihrauch schmort.

»Frohe Weihnachten!«, ruft Resi und hüpft glücklich herum.

Es muss sein wie jedes Jahr, weiß Jakob. So, wie er die Strukturen in den Landschaften braucht, brauchen die anderen dieses Fest. Mehr Festigkeit als Fest. Der Vater steht vom Kamin auf, stellt sich neben die Mutter, die nach einer Gitarre greift und beginnt, die Saiten zu zupfen. Rund und zart sind ihre Finger, die Saiten vibrieren, sie wirken fast unnatürlich gerade unter der gebogenen Wölbung ihrer Finger. Die Mutter. Behaglichkeit.

Am Baum brennen Lichter. Der Stamm des Baumes schläft, aber anders als der im Wald. Er ist tot. Jakob mag den toten Baum nicht. Das Baumskelett. Das Knochengerüst. Die Zeit zernagt alles. Aber der Mensch zernagt die Natur.

Viele Päckchen am Tisch. Jakob reißt Resis Päckchen auf. Eine schwarze Puppe. Er nimmt sie in die Hand, das Schwarz irritiert ihn, mehr aber noch die Rinde des toten Baumes. Ein A-Laut stülpt sich aus ihm, dann stopft Jakob das Papier in seinen Mund, mehr und mehr davon.

»Der ist irre«, kommt es aus Agathe, die eine Bürste aus ihrem Päckchen zieht und nun beginnt, gleichmäßig ihr Haar zu kämmen.

»Die Puppe ist für Resi!«, ruft die Mutter und lacht gequält.

»Jakob, um Himmels willen!«

Ihre Finger greifen nach dem Papier, verdrehen Jakob leicht die Hände am Rücken.

»Was ist denn nun schon wieder los?«, seufzt sie laut.

Papier schmeckt nach Luft.

»O!«, kommt es da aus Jakob.

Das Rund der Mutter ist mit einem Mal ein Verräterrund. Es wirkt müde und angeschlagen. Es hat sich verändert, das Gesicht ist ein Felsen und die scharfen Kanten der Nägel schneiden in Jakobs Fleisch. Jakob beginnt zu weinen.

»Das reicht«, meint der Vater plötzlich barsch.

Seine Hand holt aus. Und weil Jakob keine Ränder hat, schlägt sie ihm gegen die Wange.

»Nur gut, dass er nimmer zur Schule geht«, sagt der Vater.

»Da daheim fällt der Idiot niemandem auf. Aber ich sag dir, das Ganze braucht mehr Disziplin.«

Die Augen der Mutter werden glasig.

»Heut' ist Weihnachten, nicht streiten!«, ruft Resi und drückt die Puppe fest an ihre Brust.

»Kehren kann er, und im Garten arbeiten. Das wird er ab jetzt auch immer tun.«

Die Mutter seufzt. Ihre Mundwinkel beben.

In Jakob zieht sich etwas zusammen, als er die Mutter ansieht. Wenn er groß ist, will er sein wie sie, denkt er, und eine traurige Musik auf der Gitarre spielen. Eine Musik, in der ein kleines bisschen Schönheit liegt. Seine Mutter sagt immer, auf dieses kleine bisschen Schönheit, das den Tag froh macht, kommt es an. Sie soll leuchten, nicht mit zuckenden Mundwinkeln in der Ecke sitzen. Und da versteht Jakob wieder, dass er nicht richtig ist.

Wenn der Vater ihn wie jetzt an der Hand nimmt und in sein Zimmer sperrt, wird Jakob auch nicht richtig. Das Runde ist verloren gegangen. Dann merkt Jakob, dass er heruntergefallen ist. Ein zerstochener Luftballon.

»Spinner!«, ruft Agathe ihm nach, als er an der Hand des Vaters aus dem Raum gezerrt wird.

Aber das ist nur ein Wort und tut nicht weh. Nur die Hand schmerzt, die Jakob im Würgegriff mit sich führt. Die Hand, die die Tür grob zuwirft. A.

Jakob verspricht, dass das Durchgestrichene nicht mehr wiederkehren wird in ihm. Nie wieder. Er begräbt die rote Erinnerung gemeinsam mit der Katze neben der Feuerstelle. Die Erde nimmt jetzt ihr Geschenk, diese Katze, wieder zu sich. Aber die Augen, diese Knüpferinnen von Bildern, wollen nicht mehr so wie früher. Jakob versagt der Blick. Er legt sich an Ort und Stelle nieder und schläft ein.

Jakob erkennt den Wind, der das Land überrollt. Er faltet die Angst zusammen. Der Blick des Himmels ist wie ein Blitz. Der Atem des Windes bläst die Höcker der Nacht um, reißt Jakob den Kopf ab, beißt sich in das Denken, das manchmal in Jakob fährt. Dann zieht wieder das Fremde in ihm seine Kriechspuren, als Atem, Wind, Orkan. Deshalb liebt Jakob den Wind.

Er steht auf. Die Natur ist gut, aber sie ist auch grausam. Katzen töten Fische. Tiere essen, was Augen hat. In Jakob hat sich etwas umgedreht.

4. Fortdauern

So vergeht die Zeit, wie sie immer vergeht. Es schimmert die Ewigkeit durch die Zeit. Es schimmert das Leben durch den Tod. Es schimmert das Licht durch die Nacht.

Jakob schimmert durch die Fische, durch den Herzensgrund, den Felsen, die Katze und durch den Himmel schimmert die Ewigkeit hindurch und so fort.

Wieder ein Jahr vergeht, zehn.

Ein reichhaltiges Feld aus Körnern ist entstanden. Wieder Herbst. Die Krähen zacken durch den Himmel. Von schwarzen Flügeln zerstochenes Blau über seinem Kopf. Jakob kennt das Blau und doch ist es immer anders. Das Schilf scheppert.

Jakob sieht über die Berge. Als würde er horchen. Die Nacht weidet den Tag aus. Jakob lächelt, freut sich, beginnt, mit dem Korn zu tanzen. Die Ähren wiegen sich im Wind. Die Sonne sticht herab. Jakob tanzt und tanzt. Einige Vögel nähern sich ihm, denn seine Bewegungen sind zart und imitieren die Bewegungen der Ähren im Wind. Jakob neigt sich, streckt die Hand aus, mit der er einige Ähren berührt. Die Vögel hüpfen mit zögerlichen Schritten an ihn heran, picken schließlich die Ähren auf. Jakob nickt. Da beginnt es zu regnen.

»Ich necke dich!«, sagt der Regen.

»Lass mich!«, antwortet Jakobs Nacken.

»Verstehst du keinen Spaß?«, antwortet der Regen und hängt in Perlen in Jakobs Haar.

»Ich bin nicht ganz gesund«, antwortet Jakob, doch sein Nacken lacht.

Jakob steht langsam auf und geht in die Höhle. Gerne hätte er noch ein wenig das Gelände unter sich betrachtet. Zumindest mit dem rechten Auge, denn das linke fühlt sich wieder zerschnitten an von zu viel Licht.

Jakob nickt dem Regen zu. Die Natur behält nichts zurück. Sie hat ihre eigenen Regeln. Immer wieder wird Regen sein und immer wieder Frühling und Winter. Mit langsamen Schritten schreitet Jakob in die Höhle zurück. Kaum hat er sich hingesetzt, prasselt es stärker und stärker vom Himmel herab. Jakob blickt durch den Eingang hinaus in das wilde Treiben. Die Strukturen in der Landschaft sind Fäden, die Jakobs Blicke binden. Stets weiß die Natur alles, indem sie von nichts weiß. Der Herbstwind streichelt den Bäumen die Blätter von den Ästen. Auch der Regen kommt in Fäden. Ein undichter, transparenter Vorhang. Der Himmel hat sich einen Schleier gewoben. Damit vereint er sich jetzt mit der Erde. Jakob beobachtet. Er klopft alles ab nach dem Augenblick. Er sitzt nur da und dauert fort. Dann übersetzt er die Anordnung der Welt vor seinen müden Augen in ein Holzscheit.

5. Schreiende Körper

Fremde Geräusche. Sind das Menschen? Jakob stockt. A, ah. Jakob versteckt sich.

»Ja«, tönt es.

Er sieht sich um.

Noch einmal:

»Ja, ja.«

Es sind zwei Stimmen. Jakob weicht zurück, doch es ist zu spät. Jetzt sieht er die Körper. Versteckt hinter Bäumen und Sträuchern, einige Schritte von der Quelle entfernt. Aufeinander wippen und zucken die Körper, als durchdringe sie ein schrecklich schöner Schmerz. Jakob betrachtet die bewegten Leiber durch die Zweige hindurch, reglos hält er inne. Für einen Moment hält die Zeit ihren Atem an. Die Angst in Jakob friert seinen Körper ein. A, A.

»A«, ruft einer der Leiber, eine Frau. Ihr Kopf knickt nach hinten, als würde der Mann die Frau brechen.

»A«, schreit der Mann und hält das Haar der Frau fest, zieht daran, sodass der Kopf noch mehr in die Schräge geht. Jakob schaudert. Die Spalten fallen ihm ein und ein altes, regloses Bild. Es ist das Bild des Mädchens am Spielplatz. Jakob erinnert sich an jede Sommersprosse, hat die Schattierungen des Haares plötzlich wieder vor Augen, den herzförmigen Mund, den Körper, der nicht mehr der eines Kindes und noch nicht der einer Frau ist. Jakob begreift. In dem, was diese beiden Leiber tun, liegt ein Geheimnis. Es ist ein Rest der Natur, der in den Menschen ist. Doch auch darin liegt ein Schauder für Jakob. Der Rest eines Abgrunds, der nicht hinfindet zu sich selbst. Vor Jakobs Augen liegt eine Welt, die er nie betreten wird. Etwas bricht, dort, wo in Jakob keine Mitte ist. Es bricht aus ihm heraus. Jakob, reglos. Plötzlich springt die Frau vom nackten Leib des Mannes, peinlich berührt, verbirgt sich, während der Mann zu schreien beginnt:

»Du perverses Schwein. Siehst ja aus wie ein Viech! Hau ab.«

In Jakob zittert etwas, seine Nasenflügel beben. Er ist da, aber auch nicht, und es dauert, bis die Beine antworten. Sie stottern über den Waldboden.

»Verschwinde!«, schreit nun auch die hohe Stimme, die der Frau gehört.

Die Worte schlagen nach Jakob. Er behält den baumelnden Schwanz des Mannes als Abdruck im Kopf. Die birnenförmig hängenden Brüste der Frau sind zwei monströse Glocken, die dröhnen und weiterdröhnen. Ihr Wummern dringt an Jakobs Ohr, will es erdrücken. Jakob läuft.

Mit hechelnden Geräuschen eilt Jakob in seine Höhle zurück. Sein ganzer Körper zittert. Die Katze streift an ihn heran. Irritiert streichelt Jakob ihren Körper. Es ist, als wäre dieses Streicheln das Einzige, das ihm jetzt noch übrig bliebe. Die Finger sind hungrig danach. Sie spüren, was ihnen fehlt. Immer wieder taucht die Erinnerung vor Jakobs innerem Auge auf, drückt die Rahmen weg, die er geschaffen hat, wirft die Ordnung der Dinge durcheinander. Wie kann es sein, dass ein Mensch wiederkehrt, den man in seinem Geist durchgestrichen hat? Jakobs Atem beruhigt sich nur langsam. Seine Welt wird geschnitten. Das spürt er. Es gibt keine Sicherheit.

6. Müdigkeit

Die Blätter der Bäume haben sich rötlich gefärbt. Jakob errichtet ein Lagerfeuer. Seine Augen tränen ein wenig, er wischt immer wieder mit den Handflächen darüber. Das Korn ist dieses Jahr knapp, Jakob muss sparen. Der Gedanke ermüdet. Nie würde die Natur einen Schlauch in Jakobs Mund schieben. Die Natur ist der Schlauch. Dennoch hungert Jakob. Seltsam, denkt er.

Dann wandert er durch die Landschaft. Der Himmel sieht aus, als würde er verbluten. Eine Erinnerung kommt hoch, in der Jakobs Kopf sich in einen Luftballon verwandelt. Jakob versucht, sie wegzuschieben. Durchzustreichen wie Vater und Mutter. Aber mit einem Mal schwappt eine Müdigkeit über ihn. Herbst. Jakob möchte schlafen. Die Wolken liegen in Striemen zerteilt am Himmel, nähern sich dem Erdboden. Wenn es silbrig ist in der Luft, denkt Jakob, kommt bald der November. In dem Moment peitscht der Ast eines Baumes Jakobs Gesicht.

»Du träumst mit offenen Augen, weil du zu wenig schläfst«, lacht der Ast.

Die Natur ist grausam. Jakob hält sich die Wange.

»Au«, sagt er, »vielleicht hast du recht.«

Jakob erwacht. Die Augen sind ein wenig entzündet, sie tränen.

Jakob sitzt auf der Anhöhe und sieht ins Tal hinab. Zum ersten Mal seit Langem fragt er sich wieder, wie es sich anfühlen würde, zu fliegen. Wie damals, als er aus dem Fenster gesprungen ist.

Dass der Schlaf der Bruder des Todes ist, hat die Mutter einmal gesagt. Seitdem hat Jakob immer noch manchmal Angst vor dem Schlaf. Doch Jakob weiß auch, dass nichts ewig weilt. Dass der Schlaf wiederkehrt, und auch der Tod.

Diese Nacht ist rot. Jakob hat seine Rahmen wiedergefunden. Sie helfen ihm, die Erinnerungen zu ertragen. Jetzt steigen sie als Bilder und Ängste in ihm hoch. Ungeordnet, zerfurcht. A, a. Jakob schläft schlecht, knirscht mit den Zähnen, zerbeißt sein Laken. Wo ist die Katze? Das Schnurren einer Katze kann das Loch in Jakobs Mitte mit Liebe füllen. Doch Katze gibt es keine mehr.

Auf einmal begreift Jakob. Nichts ist sinnvoll, wenn es sich nicht teilt. So teilt sich der Himmel das Bild der Sonne mit dem See. Und die Sonne teilt sich den Himmel mit dem Mond. Jakob muss sich auch teilen. Er kramt nach einem der Holzscheite und beginnt, zu ritzen und zu kerben.

»Ich bin formbar«, sagt das Holz.

Jetzt ist Jakob nicht mehr allein.

7. Krankheit

Jakobs Erkältung, die mit dem Korn und den beiden schreienden Leibern kam, hält an. Jakob streift durch den Wald. Er betastet seine Blätter.

»Wir sind gut«, rascheln sie.

»Danke«, sagen Jakobs Hände und sie zupfen. Mehr und mehr. Schichten die Zweige, die er knackend mit den Händen zerteilt, in den Topf. Jakob beschnuppert die Kräuter. Dass Pflanzen die Wahrheit sagen, wenn man ihnen zuhört, weiß er. Es wird ein paar Tage dauern, bis sie getrocknet sind.

Wieder zu Hause in seiner Höhle, entfacht Jakob ein Feuer, um die Kräuter in einem Topf zu kochen und daraus Tee zuzubereiten. Dann tunkt er seinen Hemdsärmel in den Topf und legt ihn auf das linke Auge, das ein wenig tränt.

Jakob hat keinen Hunger. Noch liegt das Brot groß und schwer im Magen. Es wird bald Nacht und Jakob sieht in die Dämmerung. Hin und wieder, wenn er in die Finsternis starrt, kommt es ihm in den letzten Tagen so vor, als würde er dabei in ein fratzenhaftes Gesicht sehen. Ein Wolf heult, und Jakob denkt nach. Ob er nicht doch wieder einmal hinunter ins Tal sollte. Dahin, wo eine Resi ist. Eine Resi ist keine Katze. Aber eine Resi ist auch die einzig Gute. Die anderen Menschen sind falsch. Sie lärmen, bauen Traktoren, essen, was Augen hat, sind ein Schlagen und schieben Schläuche und Pillen in Münder. Sie treten auf dich nieder, wenn du dich weigerst, zu schlucken. Sie nehmen sich, was sie wollen. Danach tun sie so, als wäre nichts passiert. Um Jakobs Mitte rotiert es. Mit einem Mal kommt ein Gefühl. Es ist grau. Jakob weiß nicht, dass es Leid heißt. Jakobs Körper ist krank.

Irgendwann, als es längst Nacht ist, schreckt Jakob hoch. Ein Tapsen an seinem linken Ohr. Jakob weiß, was es bedeutet, und das Grau in ihm löst sich in leichten Rauch auf, wird flüchtig, steigt als Ausatmen aus ihm heraus. Es ist die Katze. Sie kommt, rollt sich auf seinem nackten Unterleib zusammen. Jakob richtet sich kurz auf und stellt ihr eine der Pfannen mit dem Tee hin. Die Katze trinkt. Lange sieht er ihr dabei zu und mit jedem Lecken der rosigen Zunge geht es ihm besser.

»Ich bin durstig«, sagt die Zunge der Katze.

Und in diesem Moment hat nichts so viel Sinn wie ihr Durst.

Schließlich hat die Katze genug und tapst ein wenig umher. Jakob legt sich wieder nieder, lässt die restliche Flüssigkeit des Tees in sein Auge tropfen. Der Schlaf kommt nun freundlicher als zuvor. Jakob ist nicht allein. Die Katze formt einen Bogen mit ihm, schließt den offenen Schlauch, der Jakob eben noch war. Ihr Schnurren bereitet den Schlaf vor.

An den Atem des Windes gelehnt. In seiner Stirn Wildnis, aus der fremde Bilder herauswachsen. Ist das Fieber? Jakob hat viele Worte schon lange vergessen. Er schließt die Augen. Wenn es bloß immer nur so finster wäre, denkt er. Ein Bild regt sich. Eines, das gut ist. Fisch heißt es. Und dann kommt ein zweites. Immer noch heißt es Resi.

8. Wiedersehen

Es ist wieder kälter geworden. Wenn nichts mehr geht, lebt Jakob vom Himmel. Er lebt von der Wärme einer Katze in seiner hohlen Hand. Jakob lebt von den Linien, Strichen und Formationen, die er in Holzscheite und Steine kerbt. So sind seine Tage gleichmäßig getaktet und ähneln einander. Feuermachen gibt Sicherheit. Das Sammeln der Beeren hält ihn in einem Rahmen. Das Ausgraben der Wurzeln ist ein Halteseil, damit Jakob nicht aus dem Rhythmus fällt. Auch die Art und Weise, wie Licht und Schatten einander abwechseln, gibt einen Rhythmus vor.

Eines Nachts schreckt Jakob aus dem Schlaf hoch. Das Feuer ist ausgegangen, die Katze liegt zu seinen bloßen Füßen zusammengerollt und schläft. Ihr Atem hebt und senkt sich gleichmäßig, das Fell kitzelt Jakobs nackte Sohlen. Jakob richtet sich auf. Kann einen Lichtschein ausmachen. Doch das Licht ist nicht flackernd wie das des Feuers. Bald ist es ein hartes, grelles Licht. Ein Licht, das nur von Menschen stammen kann. Jakobs Ränder beben. Er fährt hoch. Die Katze erwacht, stößt einen kläglichen Laut aus. Jakob erstarrt. Er erblickt eine schemenhafte Gestalt vor seinem Zelt, die sich langsam nähert. Jakob möchte schreien. A. A. Er versucht, den Blick mit der aufgefalteten Hand abzuschirmen. Blinzelt. Als seine müden, leicht geröteten Augen wieder zu sich kommen, erkennt er hinter der Lichtquelle ein geliebtes Gesicht. Es ist das von Resi.

»Hier bist!«, ruft die Schwester.

Jakob sieht sie an und das Schreien in ihm bildet Wellen, ebbt langsam ab. Noch in hundert Jahren würde er die Züge in Resis Gesicht erkennen. Die Falten haben sich vertieft. Weiche Kanten. Resi hat an Masse gewonnen und ein wenig an Kerben. Ihr Wesen liegt dahinter. Es ist, als hätte nur das Schimmern, das aus ihrem Gesicht steigt, zugenommen. Die Substanz liegt klar und offen vor ihm. Wie immer. Jakob sieht die Schwester an und seine Mundwinkel zucken. Die Schwester kennt ihn, immer noch, und sie vertraut. Sie setzt die Schritte behutsam. Resi geht auf den Bruder zu. Sie umarmt Jakob. Der lässt es geschehen. Resis Arme sind ein Bogen, der Jakobs Grenzenlosigkeit einfängt. Resis Arme heben die Zeit auf und verbinden, als gäbe es nichts anderes. Die Brücke schließt sich, und Jakob ist in Resi gewölbt wie damals im Kinderzimmer. Noch einmal zucken Jakobs Mundwinkel und sein Mund formt sich zu einem Lächeln. Das Herz hebt sich. Jakob lächelt.

»Du bist wie immer«, sagt Resi, als sie die Umarmung löst.

Resi grinst und nestelt ein wenig an den Strähnen von Jakobs langem Haar herum. Vorsichtig, aber vertraut wie immer. Jakob hat Nester im Haar.

»Ich hab gewusst, ich find dich«, meint Resi.

Jakob nickt.

Die Freude hängt Jakob an der Zunge, weil er Resi lieb hat. Immer noch. Das hat nichts mit Jahren zu tun und kehrt wieder wie der Takt der Natur.

»Redest jetzt gar nimmer?«, fragt Resi und ihre Augen glänzen.

Jakob sieht sie immer noch an, mit leuchtendem Blick, doch er antwortet nicht. Was sollte er sagen? Dass seine Hände und Füße, seine Augen und Lippen mit der Natur sprechen? Und dass diese Sprache im Gegensatz zu jener der Menschen verbindlich ist? Jakob schweigt und lächelt. Wie immer ist er ein Fisch. A. Jetzt ist Jakob ein glücklicher Fisch. A, a.

Resi betrachtet den Bruder ungläubig, und ihre großen runden Augen glänzen immer noch. Jakob fallen Kastanien ein und die Farbe gefallenen Laubes. Braun und gut sind Resis Augen. Resis Augen sind wie Resi. Resis Gesicht ist wie Resi. Darum hat es ihm nie Angst gemacht. Es kommt nicht zu nahe, es geht nicht zu weit weg. Das kann kein anderer Mensch sonst, denkt Jakob.

»Wie ging's dir bloß? Und was tust hier immer? Und aber wo schläfst denn nur im Winter?«, sprudelt es aus Resi heraus, während sie immer wieder Jakobs Hand drückt. Jakob zieht sie ein Stück weit mit sich und zeigt ihr die Höhle, in der er seine Utensilien und Kleider verstaut hat.

Resi schüttelt den Kopf, während sie sich umsieht. Die Schwester hebt die Gegenstände auf, legt sie wieder an ihren Ort zurück. Behutsam, aber bestimmt, denn sie weiß, dass Jakob nur in der Ordnung seine Sicherheit findet. Resis Finger tasten Jakobs Leben ab, und seine Vergangenheit. Sie schaffen sich Raum in der Höhle. Sie streicheln die Katze, betasten die Risse und Kerben in den Hölzern und an den Höhlenwänden.

»Wie ein Bär in seiner Höhle!«, meint Resi schließlich.

Jakob nickt. Er greift nach einem der Töpfe, in dem noch Wasser ist, und zeigt ihn Resi fragend.

»Wo hast denn das her?«

Jakob lächelt.

»Von der Quelle, ganz oben.«

»Wie schön!«, meint Resi.

Jakob nickt.

»Manchmal hol ich es auch vom Bach«, fügt er hinzu, und diese Worte sind viel für einen Jakob, weiß Resi. Sie dringt nicht in ihn, geht schweigend mit ihm hinaus und ins Licht. Plötzlich lächelt sie.

»Schön, kleiner Bär«, sagt Resi, »hältst denn auch Winterschlaf?«

Jakob lacht.

9. Hängender Vater

Das Wetter ist rau und kühl, der Wind weht. Jakob hat vor dem Zelt einige Brennscheite aufgeschichtet und entzündet sie. Dann stellt er einen Topf mit heißem Wasser auf. Resi hockt sich auf den Boden neben ihn. Lange sehen die beiden schweigend ins Feuer. Alles ist wie immer und doch nicht. Denn Jakob ist jetzt eine Wölbung, ein in sich geschlossener Bogen. Die Lider des Himmels schließen sich abends anders, wenn eine Resi neben Jakob hockt. Das Knacksen des Feuers breitet sich als Freude in die Stille hinein aus, wenn man es teilt. Resi sitzt an Jakobs Seite. Jakob schichtet einige der Wurzeln, die er hinter der Höhle am Saum des Waldes aus dem Erdboden gegraben hat, in den Topf. Zögerlich kommt ein Junges der Katze, ein schwarzweiß gestreiftes, an die beiden heran und lässt sich von Resi streicheln. Es schnurrt. Einige Vögel zeichnen Zacken in den Nachthimmel. Auch Resis Augen sind Vögel, als sie sich umsieht. Es ist, als würden sie umherflattern, um Worte zu finden.

»Der Vater hat sich aufg'hängt«, sagt Resi.

Jakob schweigt. Wut scheint die Schwester mit einem Mal zu durchzucken. Sie wendet Jakob abrupt ihr Gesicht zu. Jakob dreht sich um seine eigene Mitte, die nicht da ist, als er sie ansieht. Die Katze kommt auf seinen Schoß gekrochen.

»So red doch!«, herrscht Resi den Bruder da an. Sie kippt vornüber, in Jakob hinein, der ein Nichts ist. Ein Bogen fällt in sich selbst zusammen. Resi klopft Jakob gegen die Brust.

»Wenigstens jetzt!«, kommt es aus ihr.

Die Worte sind ein Überquellen von Schmerz, ein Schluchzen, das in Wellen aus Resi hinaustritt und in der Nachtluft hängen bleibt.

Jakob wehrt sich nicht, in seinem Gesicht regt sich nichts. Stille. Schließlich sinkt Resis Körper ein, verliert an Kraft. Jakob hebt seine Hand. Es ist das erste Mal in seinem Leben, dass Jakob sich zu einer Wölbung für einen anderen Menschen formt. Seine Hand ist ein Zelt, unter dem Resis Haar weht. Da zieht sich in seiner Brust plötzlich ein Reißverschluss zu und der Schmerz hängt Jakob am Kehlkopf. Jakob hat eine Mitte, die Resi heißt, und deshalb kann er jetzt fühlen. Er fühlt den Riss, den der Vater gezogen hat. Und am Ende, ganz am Ende, nun auch noch mit seinem Selbstmord. Der Vater hat Jakob gespalten. Zuerst als Vaterschlagen. Dann, als er die Hütte am Herzensgrund angezündet hat. Der Vater ist tot. Jakob ist traurig bis an den Rand der Augen. Aus. Und es bildet sich ein Wort, das ein Gefühl ist in Jakob. Es ist der Schmerz, er selbst zu sein.

»Ich wunder mich so«, meint Resi.

Und später, in die Nachtluft hinein:

»Der Vater war ja immer so stark.«

Jakob schweigt. Er ist nicht verwundert. Die Natur hat ihm beigebracht, dass alles, was gibt, auch empfängt. Der Vater hat das Schlagen gegeben, und die rote Farbe. Die rote Farbe hat seinen Kopf jetzt wahrscheinlich erschlagen, denkt Jakob. Aber es fehlen ihm die Worte, mit denen er Resi von dieser Wahrheit erzählen könnte.

»Ich hab deine Hütte wieder aufbauen lassen. Am Herzensgrund«, sagt Resi irgendwann.

»Bitte, komm heim«, sagt sie.

Das Feuer ist schwächer geworden. Die Katze, eingerollt zwischen Resis weichen Händen, schläft schnurrend. Jakob schüttelt den Kopf.

10. Durchgestrichenes

Als Resi fort ist, hat sie einen Teil von Jakob mitgenommen. Er fehlt. Da, wo nichts war, sitzt plötzlich ein neuer Verlust. Seltsam, dass sich von einem Loch ohne Mitte noch etwas mitnehmen lässt. Jakob begreift nicht. Er hat den Vater durchgestrichen. Jakob weiß, was es bedeutet, das Durchstreichen. Messer streichen Linien durch. Auf den Holzscheiten. An den Höhlenwänden. Es kann nicht sein, dass ein durchgestrichenes Gesicht wieder in sein Leben zurückkehrt. Ein Strich ist ein Strich und markiert ein Ende. Und nur in der Natur kehren die Dinge wieder. Sie kehren grausam wieder, aber in dieser Grausamkeit liegt ein Sinn. In dem Gesicht des Vaters liegt kein Sinn. In Jakobs Bild ist es gerötet, hat einen wippenden Kehlkopf und scharfe Furchen um die Augen. Es riecht nach alten Trauben. Gleich wird es die Hand heben, ausholen und Jakob schlagen. Jakobs Blick flackert. Wie kann er den Vater noch einmal durchstreichen, fragt er sich.

Jakob steht auf, sucht nach dem Messer. Das linke Auge ist müde, Jakob schließt die Augen. Der Kopf hat alle Strukturen und Anordnungen abgespeichert, er findet die Stellen auch so. Jakob beginnt zu arbeiten. Eine Aggressivität platzt aus ihm heraus, schneidet und kerbt sich in die Scheite ein. Durchstreichen, wieder und wieder. Als wäre das Holz ein Gesicht. Als hätte die Rinde die Bilder der Vergangenheit in sich abgespeichert. Jakobs Hände zittern. Er biegt die Finger, schneidet sich versehentlich, Blut. Aber das ist egal. Denn Jakob ist ohne Mitte, und wer blutet schon? *Es* blutet. Rot wie die Wut ist das Blut, weiß Jakob, doch er kann es nicht sehen. Irgendwann wird er müde, denn auch die Müdigkeit kehrt wieder. Die Müdigkeit ist eine der großen Regelmäßigkeiten der Natur. Genauso wie der Hunger. Jakob kerbt, schnitzt und ritzt, bis die Leere ein Zelt in seinem Kopf ausbreitet. Sich als innerer Vorhang über alle vergangenen Bilder legt.

Wieder vergehen zehn Jahre. In Jakob vollzieht sich eine Zerspaltung, die im Hintergrund brodelt. Jakob schläft unruhig. Eine große Veränderung kommt oft langsam, schleicht sich ein. Das linke Auge wird immer müder. Hin und wieder sondert es Eiter und Blut ab. Jakob liegt in seiner Höhle. Regen prasselt gegen die Wände. Jakobs Bauch ist geschwollen. Die Katze legt sich darauf und schnurrt. Die Katze ist alt und träge geworden. Bald wird sich ihr Körper der Erde zurückgeben. Jakob seufzt, atmet schwer. Seine Hände streicheln das Fell der Katze.

»Ich werde dich vermissen«, sagen Jakobs Finger.

»Jetzt bin ich noch weich«, antwortet das Fell.

»Du hast keine Nachfahren«, sagen Jakobs Finger.

»Es kommen andere Dinge«, sagt der Bauch der Katze.

»Ja. Aber für mich auch?«, wollen die Hände wissen.

»Ja.«

»Weißt du das sicher?«

»Sicher ist nichts. Aber in der Natur kehrt alles wieder.«

Die Katze wölbt sich und krümmt sich schließlich immer mehr zusammen. Traurig steigt die Nacht in die Höhle. Traurig senken sich Jakobs Lider vor den Augen. In der Natur kehrt alles wieder, wiederholt Jakob, bevor er einschläft.

11. Das Auge

Am nächsten Morgen lässt sich das über die Jahre immer kränker gewordene linke Auge nicht mehr öffnen. Es ist ein geschwollener Beutel, in dem etwas zu wabern scheint. Jakob betastet es zunächst kurz. Dann wäscht er sich die Hände. Sie sind schmutzig und riechen nach Erde und Wurzeln. Jakob stolpert zum Ausgang der Höhle. Er blinzelt und blickt in den Regen. Noch immer lässt sich das Auge nicht öffnen. Es pocht in ihm. Das Auge ist ein rotes, pulsierendes Bündel. Riesig liegt es in Jakobs Gesicht.

Jakob versucht, es vor dem Regen zu schützen. Mit dem rechten sieht er sich um. Ein grauer Himmel, zitterndes Schilf vor seinem flackernden Blick. Der Regen verschwimmt vor Jakobs Blick zu einem breiigen Ganzen. Auch das rechte Auge scheint erschöpft zu sein. Immer wieder flimmert das Bild auf, aber die Lider schließen sich von selbst. Ein Auge allein kann die Dichtigkeit der Welt nicht in sich aufnehmen. Aber Jakob kennt alle Anordnungen und Wege. Er weiß, wo er hinmuss. Jakob schließt die Augen und geht zum Teich.

Schon von Weitem kann Jakob hören, wie der Regen die Haut des Wassers zersticht.

»Es ist alles gut«, sagt der Teich.

Jakob zieht sich Hemd und Hose aus. Seine Füße sind müde, stottern ein wenig, tasten sich die leichte Böschung hinab. Jakob betritt das Wasser. Der Regen ist nur noch ein Niesel.

»Ich hab dich lieb«, wispert er.

Jakobs Nacken muss kichern. Er selbst steht reglos da. In der Stille findet alles zu sich. Laub raschelt hinter seinem

Rücken. Ein Käuzchen ruft. Es dauert nicht lange, dann sind die stummen Freunde wieder da. Eine ganze Schar von Fischen hat sich um Jakobs Füße gesammelt. Langsam streckt er die Hand aus und fängt an, sie zu streicheln. Einen nach dem anderen. Die Fische beginnen, sich ineinander zu bewegen, zu tanzen. Eine Choreografie, die viele Minuten andauert.

»Wir haben dich vermisst«, zittern die Leiber der Fische.

Sie tanzen ihre Freundschaft in Jakobs Haut, immer wieder.

»Wir haben dich vermisst, Jakob!«

»Ich bin krank«, antwortet Jakobs Hand.

Die Fische kennen das Wort nicht.

»Schön, dass du da bist«, antworten die Fische.

Als Jakob seine Hand herauszieht, sind die Finger bereit. Jakob tunkt sie ins Wasser, reinigt sie und trocknet sie am Hosenbund ab. Dann wäscht er seine geröteten Augen mit dem Quellwasser aus.

»Ich heile«, sagt das Wasser.

Die Augen öffnen sich. Jakob muss hier behutsam vorgehen, denn das Wasser sticht wie ein Dorn in das linke Auge.

»Ich schmerze«, sagt das Wasser.

In Jakobs Kopf klebt ein riesengroßer Stachelball. Aber das rechte Auge sieht wieder. Den Vorhang des Nieselregens und die Leiber der Fische, die das Wasser in raschen, wellenartigen Bewegungen durchzittern. Alles scheint gut zu werden.

12. Wiederkehr

Abends in der Höhle. Jakob öffnet die Augen. Kein Eiter mehr. Jakob tastet langsam seine Lider ab. Seine Hand zittert. Jakob glaubt es kaum. Nun muss er laufen. Hinaus in die Nacht. Muss dem Himmel seine Freude zurückgeben. Weil auch die Natur nichts für sich behält.

Die Nacht ist immer ein Abenteuer. Die Nacht ist ein Rauschen. Darin hat alles Platz. Die Stimmen der Natur werden lauter und überlagern sich.

»Ich begleite dich«, flüstert der Wind.

Und dann, als Jakob sich umdreht und eine andere Richtung einschlägt:

»Ich komm dir entgegen.«

Jakob sieht in den Nachthimmel hinein, und es ist, als würde er alles zum ersten Mal betrachten. Jakobs Gesicht ist jetzt kein schmerzender Ball mehr. Das Auge ist wieder zu seiner Normalgröße geschrumpft. Jakob schaut. Hin und wieder schießt ein Vogel über den Himmel, als würde er damit kurz den Himmel mit seinen Flügeln wärmen. Gleich werden die Fledermäuse wach, weiß Jakob.

»Du musst müde sein«, ächzt der Mond beinahe lautlos in den Himmel.

Und da stülpt sich schon ein Gähnen aus Jakobs Mund.

»Wusste ich es doch«, sagt der Mond.

Jakob schüttelt sich. Gerne würde er nun ins Schilf gehen und Fledermäuse suchen. Oder den Fischen von seiner Heilung erzählen. Aber in seinem Kopf ist es dumpf, sinkt etwas ab. In dem Moment ertönt ein Maunzen. Jakobs Gehör, verschärft durch seine Sehbehinderung, folgt den

Klängen. Als die Geräusche nahe sind, senkt er den Oberkörper ab. Jakob weiß Bescheid. In der Natur kehrt alles wieder. Eine Katze liegt zusammengerollt auf einem Baumstumpf. Schlammreste im rötlichen Fell. Jakob lächelt. Die Katze ist verwildert wie er selbst, auch das Haar ist zu lang. Er streckt langsam die Hand aus. Die Katze zuckt zurück. Doch Jakob hat keine Eile. Ein Schlaf kann warten. Eine Dunkelheit war er lange genug gewohnt. Es dauert, bis das Tier zutraulich wird. Langsam kommt die Katze und stupst mit ihrer Nase gegen Jakobs Finger. Er bewegt sie nicht, hält inne.

»Ich bin ein Baum«, sagt Jakobs Hand.

Irritiert weicht die Katze zurück und wartet. Immer noch verharrt Jakob in seiner Pose. Schließlich nähert sich das Tier erneut.

»Ich bin gut, ich kann nähren«, sagt Jakobs Hand. Diesmal aber falten die Finger sich ein Stück weit auf, werden zur Schale und stülpen sich zart über den Hinterkopf der Katze. Jakob streicht weiche Ohren zurück. Stille. Dann ertönt ein leises Schnurren.

Lange Zeit liegt die Katze auf seinem Bauch. Er hat das Fell gereinigt, ihr zu trinken gegeben. Jakobs Finger sehen Muster, Schattierungen von rötlichen Farben im flackernden Feuerschein. Heute hat das Leben ihm Augenlicht und eine Katze geschenkt. Es dauert, bis Jakob sich gefasst hat. Schließlich schläft er lächelnd ein.

13. Wintervorhang

Als der erste Schnee seine Vorhänge am Himmel schließt, weiß Jakob, dass dieser Winter schneiden wird.

WINTER

1. Katzenrisse

Wenn der Winter kommt, pfeift der Wind auf dem Flaschenhals der Schluchten. Die letzten warmen Sonnenstrahlen schreien dann auf Jakob hinab, dass es dem Ende zugeht.

Jakob tut es wie der Wind, er weht einfach weiter. Was einmal gewärmt hat, wird wieder wärmen. So ist diese Natur. Es wird nie vorbei sein, weiß Jakob. Er weiß es, seit sie ihm damals den Schlauch in den Mund geschoben haben gegen einen Hunger, den er nicht hatte. Alles kehrt zu sich selbst zurück.

Bald wird Frost sich auf die Halme legen. Jakob kennt das Bild. Kennt die Vorzeichen. Den schreienden Nachthimmel und die Kälte auf den Fingerspitzen. Und dass dann der eigene Atem zum Hauch wird, der sich ausblasen lässt. Jedes Jahr kommt Frost. Und bald sind es schon mehr als zwanzig Jahre. Zwanzig Jahre, die Jakob in der Natur lebt, gemeinsam mit den Katzen. Zwanzig Jahre nahezu ohne Sprache. Stumm wie ein Fisch. Jakob freut sich wie jedes Jahr auf den Frost. Er streckt die Nase in den Wind. Kann die Kälte bereits riechen. Der Wind bringt den Frost zur Welt und das ist ein Trost für Jakob. Die Sonne hat sich dann in die Kälte verliebt und zurückgezogen. Im Winter spiegeln sich die Formen anders im See. Und das Krächzen des Raben keilt sich tiefer in die Wälder. Die Äste der Bäume sind kahl und sehen aus wie Adern. Sie stechen in den Himmel hinein. Nur eine Veränderung, in der nichts wiederkehrt, macht Jakob jetzt noch Angst.

Blätterklauben

Im Herbst wird die Reglosigkeit der Pflanzen aufgescheucht durch jähe Stürme. Wind, Wind. Die Bäume fliegen. Rotdorniger Morgen. Es ist nicht schwierig, Laub zusammenzusammeln. Bloß ungewohnt. Man recht, einzelne Blätter bleiben haften, andere nicht. Man recht wieder. Die Güte des Morgentaus beginnt den Tag klingend in Jakob, während er arbeitet. Jakob versteht Strukturen. Weiß, dass er sich den Atem einteilen muss. Es hilft gegen die Angst und die Gesichter, die oft zu nahe kommen. Jakob denkt an die Mutter und ihre traurigen Augen, während er den Boden betrachtet. Alles wird gut, sagt er sich, er muss nur rechen. Immer wieder. Bewegung, Atem, Bewegung. Bis die Dämmerung herangekrochen ist, will er fertig sein. Und die Mutter muss lächeln. Wird lächeln. Das ist alles, was Jakob weiß. Die Tage der Weinreben und der Beeren. Jakob macht seine Arbeit mit Bedacht. Er ist gründlich. Die Blätter sind seine Feinde, weil der Vater es sagt. Und Blätterklauben hilft gegen das Vaterschlagen. Jakob beugt sich, richtet sich wieder auf.

Sein Rücken knirscht. Die Ballen seiner Hände schmerzen. Aber auf eine Art und Weise fühlt sich dieser Schmerz gut an, richtig. Wenn Jakob die Augen schließt, sieht er Wälder aus Laubblättern vor sich. Es ist dann, als wäre er selbst diese Blätter. Jakob sieht sich um. Der Herbst ist gut, denkt er. Das Wetter trägt eine buntscheckige Farbe. Es wechselt. Hin und wieder kommt zwischen den Wolken die Sonne hervor, dann verdunkelt sich der Himmel abermals. Das Augenzwinkern der Sonne zwischen den Wolken flackert immer wieder auf, neckt Jakob und bringt ihn zum Lachen.

»Jakob!«, ruft da die Mutter.

Jakob hält inne. Sie nähert sich ihm, gefolgt von Resi, die auf Jakob zuläuft. Jakob lacht jetzt noch mehr. Freude breitet sich wie Worte im Raum aus, wenn Jakob Resi sieht.

»Heut darfst früher aufhören!«, ruft Resi und nimmt ihn an der Hand.

Jakob schüttelt den Kopf. Der Rechen liegt klamm zwischen den Fingern. Aber nein, wieso denn? Jakob hasst Abweichungen. Die Regeln müssen eingehalten werden.

»Wir feiern Agathes Geburtstag«, meint Resi und knetet seine Finger.

Haltlos sieht Jakob um sich. Er ist nicht fertig geworden, das Laubgitter sprenkelt noch Teile des Gartenbodens. Der Vater erscheint im Türrahmen.

»Führt er sich wieder auf?«

»An meinem Geburtstag auch noch!«, ruft es von hinten.

Die Worte des Vaters klatschen. Jakob ist eine Wasseroberfläche, Jakob schnappt stumm nach Luft. A.

Agathes Stimme. Nur Resis Hand tröstet jetzt, denn auch der Blick der Mutter bleibt gesenkt. Jakob folgt den beiden ins Auto, sieht zurück. Er zählt die liegen gebliebenen Blätter, speichert deren Anordnung in seinem Kopf ab. Als sie im Wagen sitzen, besteht Jakob noch ganz aus diesem Bild. Landschaften rasen vorbei, und Jakobs innere Sicherheit ist gebrochen. Doch er schweigt, denn Resis Hände kneten.

»Zum Chinesen fahren wir wieder! In die Stadt!«, sagt Resi und das Wort versinkt in Jakob, zieht Kreise wie ein Stein, den jemand in den Fluss geworfen hat. Chinese. Da gibt es Fische, fällt ihm ein. Das Herz hebt sich. In einem kleinen Dorf gibt es keinen Chinesen. Es ist etwas Besonderes, zum Chinesen zu fahren. Das geschieht nur zu Agathes Geburtstag.

Die Mutter hat an alles gedacht, weil eine Mutter hier an alles denkt. Sie hat die Torte eingepackt, das wurde mit den Leitern des Hauses so vereinbart.

»Sprühkerzen!«, ruft Agathe und klatscht dabei in die Hände.

Resi lacht.

»Die kannst du dafür aber nicht ausblasen!«, meint sie.

Irritiert sieht Jakob die funkelnden Stäbe an. Das widerspricht den Regeln. Hier sollten Kerzen aus Wachs stecken, glimmen wie Feuer. Nicht Feuer spucken. Jakob verachtet diese Kerzen. Der Clown auf der Torte ist aus Marzipan, eine grinsende Gesichtsfratze aus süßen, bunten Formen. Die Chinesin erscheint, eine grinsende Person mit langgezogenem Gesicht.

»Essen?«, fragt sie.

»Einmal Wan-Tan-Suppe, Hummer-Chips und gebratene Nudeln«, sagt Agathe.

Die Mutter lächelt.

»Wir nehmen dasselbe wie immer«, meint der Vater, der in einer Ecke sitzt und seine Hände knetet, »und eine Extraportion Pflaumenwein.«

»Darf ich ein flambiertes Eis haben?«, fragt Resi.

Die Mutter winkt ab.

»Wir haben die Torte, Resi«, sagt sie tonlos.

Eine Mutter weiß immer Bescheid, sie kennt die Regeln von Kindergeburtstagen, und sie kennt das Budget des Haushalts. Jakob denkt, dass die Mutter alt aussieht. Er geht sofort nach der aufgenommenen Bestellung zu dem kleinen Becken, das neben der Tür angebracht ist. Da leben die Fische, die riesig, rot und schillernd sind. Anders als die Fische im Herzensgrund. Jakob klappt den Kiefer auf und zu, sieht sie gebannt an, paddelt dabei mit den Fingern im Wasser. Die Momente sind dicht, Jakob atmet. Bei der Tischgesellschaft fehlt Jakob nicht. Agathe packt die Geschenke aus. Bürsten, ein Pony mit glitzerndem Haar. Etwas später rauscht die Chinesin mit einem Tablett vorbei.

»Jakob, komm essen!«, ruft die Mutter da.

Jakob steht auf. Auch in den Suppen sind schwimmende Anordnungen zu finden, weiß er. Glasige, wie Würmer aussehende Nudeln treiben darin. Die Suppen sind bunt gesprenkelt und ähnlich schillernd wie die Aquarien. Es sind Erbsen darin zu finden, auch einzelne quadratische Bohnen. Jakob zählt die Nudeln im Kopf. Er betrachtet die Struktur.

»Du musst essen«, meint Resi leise.

Die Mutter verdreht die Augen. Jakob klaubt alle Erbsen aus der runden Schüssel, schichtet sie vor sich auf. Die Erbsen sind Störenfriede, wie die Laubblätter Störenfriede in der Landschaft sind.

»Du isst die!«, sagt der Vater.

Die Vaterhand greift nach Jakobs Nacken. Hält ihn fest, greift nach den Erbsen und schiebt sie ihm in den Mund. Jakob spuckt, dreht den Kopf weg. Fremde Finger stochern in ihm.

»Lass doch«, murmelt die Mutter.

Aber ihr Murmeln ist leise. Denn im Vaterbauch ist schon Pflaumenwein. Jakob schüttelt den Kopf.

»Zuerst isst er kein Fleisch, dann keine Erbsen«, schreit der Vater.

Er wendet sein Gesicht dem Sohn zu, sieht ihn an, scharf, direkt, Jakob verbrennt, wird zu den Augen des Vaters.

»Warum?«, fragt der Vater. »Warum ausgerechnet diese Sachen? Was ist in deinem Kopf?«

»A«, sagt Jakob und wischt sich über die Lippen. Dann beginnt er zu wippen.

Dieser Winter bricht herein wie ein Unfall. Er zerschneidet das Fleisch des Herbstes mit jäher Wucht. Er kommt mit dem Tod einer Katze. Eines Tages, als Jakob die Höhle betritt, liegt sie da. Ein regloses Fellknäuel, zusammengerollt in der linken Ecke der Höhle. Jakob geht auf die Katze zu und wie jedes Mal, wenn es der Tod ist, weiß er Bescheid. Wittert. Jakob kann den Tod riechen, seitdem er mit den Tieren lebt.

Die Katze ist ein schlaffer, regloser Körper, und nichts ist mehr zu finden daran. Jakob bückt sich. Hat Zersprungenes im Kopf. Er kennt das bereits. Die Katze ist tot. Viele tote Katzen haben einander abgewechselt. So wie die Jahre einander abwechseln. Es tut weh, genauso wie der Wechsel der Jahreszeiten und die Änderungen des Sonnenlichts. Aber es liegt auch ein Frieden darin, ein Rhythmus, eine Wiederkehr. Jakob weiß, dass ohne ihn Frühling sein wird. Und dass ohne ihn neue Katzen in die Welt kommen werden. Keine Katze wird für ewig sein, wie kein Himmel für ewig sein wird. Aber vieles, was gut ist, kommt wieder zurück. Die Sonne, der Mond, die Schwärme der Fische, wenn das Eis auftaut. Wenn die Hautschicht an der Oberfläche des Sees schmilzt und darunter wieder Bewegung sichtbar wird. Dieses schillernde Fließen unter glitzernder Oberfläche, diese länglich gezogenen Körper der Wassertiere.

Jakob seufzt. Er greift nach der Katze, trägt sie am Nacken vor die Höhle. Seine klammen Finger greifen nach Holz, beginnen zu reiben. Eine Falte schiebt sich zwischen Jakobs Augenbrauen, er beginnt zu schwitzen. Schließlich gelingt es. Es funkelt zwischen Jakobs Händen. Er hat es geschafft, wie jedes Mal. Feuer. Mit einer behutsamen Geste lässt Jakob die Scheite in die Flamme sinken, eines nach dem anderen. Dann lauscht er lange dem Knacken. Weiße Flämmchen und Rauch züngeln in das Schwarz der Nacht hinein. Jakob blickt hinab. Weit unten, im Tal, liegt die Stadt, aufgefächert wie eine Perlenschnur.

Jakob tastet mit den Fingern nach dem Körper, der reglos neben seiner Feuerstelle liegt. Wie weich das Fell einer Katze ist. Alle Behaglichkeit liegt in ihrem Fell. Eine Katze, mit der man viele Jahre zusammengelebt hat, ist eine Besonderheit. Jakob streicht über den Körper, wieder und wieder. Er prägt sich die Formen und Muster des Fells ein. Als hätte sein Gedächtnis diese nicht längst schon gespeichert. Jakob kennt die Schattierungen des Pelzes, die verschiedenen Farbtöne, die Rasterungen, in denen gewisse Töne gehäuft vorkommen. Sein Gedächtnis vergisst nicht. Sein Gehirn speichert ab. Es speichert erneut ab, versichert sich. Das ist seine Katze. Jakobs Vertraute. Jetzt wird Frühling sein ohne sie. Jakob atmet tief ein und aus und fasst das Tier erneut am Nacken. Hebt es hoch. Dann lässt er es langsam in die lodernde Flamme sinken. Diese wird zunächst schwächer, bäumt sich dann jedoch wieder auf. In Jakob bäumt sich ebenfalls etwas auf, für einen Moment nur. Weihnachten fällt ihm ein und der tote Baum im Haus der Eltern. Die Finger der Mutter, die sich über der Gitarre krümmen. Die brennenden Lichter. Eine Agathe, der er eine Bürste ins Haar schiebt. Und wie lange das her ist, fällt Jakob ein. Der nächste Frühling. Ohne Vater und ohne Katze.

Und vielleicht auch ohne Mutter. Jakob merkt, wie seine Augen feucht werden. Er wischt sich darüber, kurz flackert sein Blick. Das linke Auge tränt. Es beginnt, eine gelbliche Flüssigkeit auszuspucken und möchte gar nicht mehr damit aufhören.

Als Jakob am nächsten Morgen die Höhle verlassen möchte, hat es zu schneien begonnen. Weiße, langgezogene Flocken fallen vom Himmel. Der fallende Schnee ist ein Vorhang, in dem das Sonnenlicht glitzert. Ist funkelndes Weiß. Das Licht ist so hell, dass es wehtut. Jakob dreht sich um. Zieht sich zurück in seine Höhle und rollt sich dort zu einem Bündel zusammen. Jakob hat Sehnsucht nach der Katze. Jakob spürt mit einem Mal wieder die Risse. Der Vater ist ein Riss, die Mutter ist ein Riss, drei Katzen sind ein Riss und siebenundzwanzig Fische. Jakob zieht die Decke über den Kopf und versucht, sich zu einer Wölbung zu formen. Wie Resi es immer mit ihm getan hat. Aber es gelingt nicht. Es ist Winter. Irgendwann schläft Jakob ein.

2. Baumsprache

Das reicht nicht, spürt Jakob am nächsten Morgen. Er braucht mehr Weitblick, denkt er. Seine Augen tränen, er sieht kaum noch etwas. Immer noch spuckt sein linkes Auge eine Flüssigkeit aus.

Er besucht die Esche. Die Weisheit in den Ästen der Esche. Jakob kennt ihren Standort ganz genau. Der Baum ist hoch, weiß Jakob. Er streift durch den nieselnden Schnee. Mächtig streckt der Baum seine kahlen Äste aus. Jakob kauert ein wenig darunter, dann klettert er empor. Er fühlt die Pulsschläge der Rinde. Durch das Geäst der Zweige sieht Jakob den Himmel schimmern. Der Schneefall hat sich gelegt. Doch der Schein trügt, auch das weiß Jakob inzwischen. Oben muss die Leere des Himmels beängstigend sein, muss beklommen machen. Warum sonst legt die Esche mit ihren Ästen einen Schatten auf die Welt der Erde? Aber Jakob will seine eigenen Grenzen noch einmal sehen.

Der Baum ist glatt, doch Jakobs Sohlen können sprechen. Sie beginnen ihren Dialog mit der Rinde. So zieht er sich langsam und mit einer inneren Sicherheit von Ast zu Ast. Als es dämmert, legt Jakob die erste Rast ein. Er legt sich auf einen besonders breiten Ast und baumelt gedankenverloren mit den Füßen ins Leere. Lange verharrt Jakob so. Auf einmal sieht er in der hereinbrechenden Dunkelheit eine Gestalt, die er nicht klar ausmachen kann. Sie scheint vor ihm am Himmel zu hängen. Träumt er? Jakob stutzt. Er hört Geräusche, wie das Krachen von Kies unter den Sohlen.

»Was bist du?«, fragt Jakob.

Lange ist es her, dass er Worte gesprochen hat. Aber mit einem Mal kommen sie selbstverständlich über seine Lippen.

»Ich bin der Stein«, knirscht etwas.

»Verstehe. Und was tust du hier?«

»Sein.«

»Das klingt gut.«

»Willst du von mir lernen?«, fragt der Stein, und sein Knirschen hat plötzlich etwas Singendes, Perlendes.

»Gern. Was muss ich dafür tun?«

»Einfach nur nehmen.«

Und Jakob nimmt vom Stein. Er spürt, wie es dabei in seinem Bauch aufploppt. Es ist, als hätte sich ein wenig unterhalb seines Bauchnabels, im Inneren seiner Organe, ein roter Punkt gebildet. Jakob muss lachen. Das Gefühl gefällt ihm.

Noch eine Sprache kommt zu ihm, als Klang. Raschelnd, rauschend.

»Und was bist du?«

»Die Pflanze.«

»Was tust du hier?«

»Ich wachse.«

»Das klingt gut«, antwortet Jakob wieder.

»Willst du von mir lernen?«

Jakob nickt. Dann zieht er sich selbst noch weiter in die Höhe.

Etwas weiter oben begegnet Jakob dem Tier.

»Was tust du hier?«, fragt es aus Jakob heraus.

»Ich nähre und ernähre mich.«

Jakob fragt nicht mehr. Jakob nimmt und lernt. So vergehen die Stunden. Atem ohne Angst. Es dämmert. Bald ist Jakob ganz oben angekommen. Der Himmel legt die Wolken zum Schlafen nieder und der Baum stellt seine Flügel auf.

Jakob beschließt, dass er nun hierbleiben wird. Er nimmt ein Seil aus seiner Hosentasche und schlingt sich um den

Baum. Meine Esche, denkt er, meine Heimat, die mich mit dem Boden verbindet. Der Baum als Kontakt zum Lebendigem, der ihm geblieben ist. Die Luft ist stechend und klar. Jakob fühlt sich mit einem Mal hellwach. Plötzlich hört er ein Lachen. Ob das auch ein Tier ist? Aber Tiere können doch gar nicht lachen.

»Wer bist du?«, fragt Jakob, obwohl er weiß, dass er die Antwort im Grunde schon kennt.

»Der Mensch.«

Jakob nickt.

»Was tust du hier?«, will er wissen.

»Ich stehe in Beziehung mit der Natur.«

Jakob streicht über die Oberfläche des Baumes. Fühlt die Strukturen in der Rinde. Seine Augen rasten in ihren Formen. Ruhen sich für einen Moment aus. Jakob schließt die Augen und fühlt der Stimme nach. Vielmehr ist nicht mehr notwendig. Jakob möchte nicht von ihr nehmen. Die Stimme verschwindet. In Jakobs Kopf ein Bild. Das Bild schenkt Jakob eine Farbe. Die Farbe ist grün und blüht, genau dort, wo es in ihm wehtut. Klopft und schmerzt. Jakob schläft ein.

Mehrere Tage verweilt Jakob in den Ästen des Baumes, nichts geschieht mehr. Mit einem Auge überblickt er von hier aus das Tal, kann die Topografie erfassen, die sich unter ihm erstreckt. Die Kälte scheint ihm nichts auszumachen.

Jakob denkt lange Zeit nach. Dann sticht er mit einem Messer in seinen Körper. Aber Jakob fühlt nichts. Denn Jakob ist nicht da. A. Es sirrt, gelbe Pünktchen vor seinem Blick.

Als Jakob wieder erwacht, sieht er, dass etwas Rotes aus ihm tropft. Es ist, als wäre er zum Harz geworden, das milchig aus dem Holz des Baumes quillt. Bloß ist dieses Harz rot. Wie der Saft aus Maulbeeren, den die Mutter ihm früher so gerne gemacht hat. Die Mutter. Beziehung. In Jakobs Herz reißt es. Jakob muss lächeln, und vor ihm verschwimmt die Landschaft zu flirrendem Schaum. Er lässt den Kopf sinken und atmet mehrmals schwer. Dann horcht er auf.

Jemand ist hier, aber Jakob ist zu schwach, um sein Auge zu öffnen.

»Wer bist du.«

Mehr Feststellung als Frage.

»Ich bin du.«

»Das geht nicht.«

»Doch.«

»Du bist also Jakob?«

»Ich bin A.«

Es ist, als würde Jakob sich mit seinem kaputten Auge selbst anstarren. Ein Schauder überkommt ihn.

Zeichen tauchen vor seinem inneren Blick auf. Jakob beginnt, sie zu zählen: eins. zwei, drei, vier, fünf. Da sind sie wieder, die Strukturen, die Ketten von Wiederholungen, die Jakob so sehr liebt. Bei der Zahl Achtzehn hört er auf. Jakob denkt nach. Jedes Zeichen setzt sich aus derselben Grundeinheit zusammen, einem Riss. Jakob denkt an den Riss, den er vom Messer in seiner Haut trägt und aus dem es tropft. Die Risse formatieren sich zu verschiedenen Bildern, eines erinnert an einen Baum, der dem Himmel drei Arme entgegenstreckt, eines ist ein Dreieck, eines ein Strich mit zwei leicht abfallenden Fähnchen. Jakob sieht die Zeichen, er bemerkt, dass sie Kerben sind, Wunder und Wunden in einem. Und er begreift, dass man die Zeichen tanzen kann, singen, man kann sie mit seinem Körper darstellen oder als Pfeile umherschicken. Dann beginnt es, aus Jakob herauszutönen. Es sprudelt, ähnlich wie das Blut, zwischen den Wellenbewegungen seines Atems, rhythmisch und schwungvoll. Es wiederholt sich in Strophen, durchzuckt mit mathematischer Genauigkeit Jakobs Körper. Wieder kann er zählen: einmal, zweimal, dreimal ... Neunmal singt es in Jakob. Dann ist es still und die Stille wie ein Schlag auf den Kopf. Jakob sucht mit seinen Blicken das Tal, doch die Strukturen der Häuser sind von einer Nebelwand verschluckt worden. Jakob wird sehr müde. Er legt den Kopf in die Schräge. Über sich sieht er nichts als Himmel. Die letzte Farbe ist das Violett. Die Sonne ist fort, der Winter kalt. Jakob schläft ein.

3. Ritzen

Wieder zehn Jahre vergehen. Seit dem Tag, an dem er auf die Esche geklettert ist, ist Jakob auf dem linken Auge blind. Es ist der achte Winter, als Jakob aus einem tiefen Schlaf erwacht. In den letzten Jahren hat er sich mehr und mehr in die Höhle zurückgezogen. Hat begonnen, die Linien und Strukturen, die ihm auf dem Baum begegnet sind, in die Höhlenwände zu kerben. Genau so, wie Jakob damals Strukturen in die Hölzer des Herzensgrundes geritzt hat, ritzt er nun Striche, Linien, Rauten und Quadrate in die Wände der Höhle.

Die Haut des Felsens spricht zu Jakob. Der Stein schläft und ist sein Vertrauter. Jakobs Finger finden die Stellen, die gekerbt werden wollen. In der Abfolge der Risse, die er dem Stein wie Wunden zufügt, muss eine Regelmäßigkeit liegen, weiß Jakob. Jakob ritzt und schabt. Dazwischen schläft er die meiste Zeit. So vergehen die Tage. Jakob kriecht zu einem Vorrat an Beeren, Kräutern und Korn, den er in der hintersten Ecke seiner Höhle hortet. Hastig schiebt er das Essen in seinen Mund. Dieser Vorgang dauert viele Minuten. Jakob keucht, atmet schwer dabei. Dann rollt er sich wieder zu einem Bündel zusammen. Es ist Winter und die Arbeit fällt schwer. Die Kälte kriecht in die Höhle hinein, höhlt sie und Jakob weiter aus. Jakob beschließt, sich für einige Momente zu bewegen, die Behausung kurz zu verlassen, damit sich in ihm etwas anwärmt. Er geht aus der Höhle, schwankt ein wenig. Sein rechtes Auge ist müde, der Blick flackert. Jakob tastet sich die Felswand entlang bis zum Eingang. Seine Kerben helfen, sie leiten ihn. Der Himmel scheint grell, der Schnee reflektiert das Sonnenlicht. Jakob schaut auf und seine Augen ertrinken nun endgültig im Himmel. Das Bild vor seinem Blick zittert. Die Lider streiken. Etwas schlitzt Jakobs Wahrnehmung auf. Jakob seufzt und klappt die Augen zu. Das Licht dringt ein und spaltet, als wäre es aus Dornen. Die Sonnenstrahlen sind Spieße. Hin und wieder verdunkelt es sich ganz, wenn Jakob auch das rechte Auge schließt. Flackernde Röte. Jakob wünscht sich jetzt in den Schatten der Brüste eines Baumes. Oder dass die Dunkelheit wiederkehrt. Die Nacht, eine Mauer, soll sich endlich verdichten, damit diese grausame Sonne nicht so böse ist zum Blick, denkt Jakob. Seine Wahrnehmung wird von rötlichen Dünsten verschleiert. Jakob versucht, zu zwinkern, versucht, aufzublicken, doch es hilft nichts. Das Außen entzündet Jakobs Augen immer wieder. Nichts verdunkelt die Helligkeit des Tages. Die Zeit vertieft sich immer mehr, wird langsamer und langsamer. Dann erscheint der Himmel schwarzschlammig. Etwas reißt ab. Er seufzt. Es hilft nichts, er muss sich wieder zurück in die Höhle tasten, seine Arbeit und den Schlaf fortsetzen, wie er es schon in den letzten Jahren getan hat. Bald wird ohne mich Frühling sein, denkt Jakob, und er weiß nicht, ob er traurig darüber ist.

4. Quellmund

Die Jahre wechseln einander erneut ab und sie sind wie einzelne Leben. Vielleicht wie die sieben Leben einer Katze. Jakob kerbt, ritzt, schläft. Er erntet im Sommer das Korn. Lang ist er nun schon allein. Alleine und müde geworden.

Eines Winters erwacht Jakob wieder. Sein Vorrat ist zur Neige gegangen, weiß er. Langsam schlüpft er in seine karge Bekleidung und seine Schuhe, streift aus der Höhle. Es dauert nicht lange, bis Jakob den Ort gefunden hat, den er sucht. Auch wenn das linke Auge blind ist und das rechte vor Müdigkeit immer wieder ausfällt, finden die Beine doch den Weg. Sie haben ihn Jahre zuvor schon gefunden. Jakobs Kopf ist ein Speichergerät, es merkt sich Wege wie andere Menschen Gesichter. Das Rauschen kann Jakob schon von Weitem hören. Seit die Augen nicht mehr wollen wie er, werden die Geräusche groß und gewichtig. Auch die Hände haben begonnen zu sprechen. Jakob tastet sich an den Bäumen entlang, die ihm Worte und Farben schenken, wie damals die Esche. Zeichen in seinem Kopf. In der Rinde lesen die Fingerkuppen Spuren, Botschaften aus Borke. Denn jede Rinde rillt sich anders. Hier steht eine Tanne links neben den Farngewächsen. Und hier eine Tanne, von der aus es noch zehn Schritte sind bis zum Fuße der Quelle.

»Gute Reise«, sagt die Tanne.

»Danke«, sagen Jakobs Hände.

Beinahe stolpert er über ein Stück Holz. In Jakob reißt etwas auseinander. A. Das Holz ist im Weg. Es muss während des Gewitters herabgefallen sein. Veränderung in vertrauten Dingen und Abläufen ist Jakobs Tod. Er zuckt kurz zusammen, strauchelt nach vorne, geht weiter. Das Rauschen wird groß, bauscht sich auf vor Jakob. Jakob selbst wird zum Rauschen. Sein rechtes Auge versucht zaghaft, sich dem Licht zuzumuten. Vor Jakob flackert das Bild fließenden Wassers auf, vertraut. Jakob formt die Hände zu einer Schale. Dabei denkt er an Resi. Jakob wölbt die Welt seiner Finger und bietet sie dem Wasser an. Das Wasser nimmt, es sprudelt in die Handschale hinein. Das Wasser hat sich selbst im Überfluss, weiß Jakob. Es verschenkt sich an seine Hände, es hat genug und kann sich nicht halten.

»Nimm nur!«, sagt das Wasser zu Jakobs Händen.

Jakob trinkt. Doch die Schale reicht nicht. Der Mund ist trocken, er möchte mehr. A, sagt er, a, und er geht von allein auf. Jakob dreht seinen Oberkörper ein Stück weit und legt den Kopf nahe an die Quelle. Es perlt über sein Gesicht, Jakobs Zunge ist hungrig, fährt nach vorne. Er legt den Kopf in den Nacken, taucht ein Stück weit unter den Wasservorhang und fängt das Klare mit dem Mund auf. Mehr, mehr, mehr, denkt er und schluckt glucksend. Der Quell und der Mund sind jetzt zusammengebunden in einem gewaltsamen Sprudel. Jakob trinkt und schluckt. Der Quell heilt. Das Wasser trägt das Leben. Jakob ist Wasser, trinkt Wasser. Dann zieht er den Kopf zurück, streckt wieder seine Hände nach vorne.

»Nimm noch von mir«, rauscht der Wasserfall.

Jakob nimmt.

»Danke«, sagt er und beträufelt seinen Blick.

Jakob wäscht sich die Augen mit dem Wasser aus. Dann kippt er nach hinten. Der Schnee ist nass, doch das macht nichts, Jakob ist die Feuchtigkeit unter seinem Körper, Jakob ist der Schnee. Er streicht sich behutsam über das Auge. Formt wieder die Hand zu einer Schale und denkt an Resi. Die Hand ist gut und das Auge regt sich. Es dauert einige Minuten. Schließlich öffnen sich Jakobs Augen. Vor ihm die vertraute Landschaft, das innere Bild stimmt mit dem äußeren in seinen Grundformen überein. Und trotzdem ist es anders. Die Anordnung des Schnees ist in Jakobs Kopf nicht präsent, die Idee des Lichts ungenau und vage.

»Danke«, sagt Jakob noch einmal zur Quelle.

Dann blickt er sich mit erschöpftem Auge um. Tatsächlich zittert das rechte Auge nicht mehr. Jakob kommt zur Ruhe. Er sieht einen Raben. Flügel wie Ruder hat der Rabe. Ein Auge blickt dem Raben nach. Jakob hat wieder ein Auge, hat seine Sicht zurückbekommen. Das Wasser hat Jakob ein Auge zurückgegeben. Das Herz ist ein Schmetterling. Es faltet sich auf. Und fliegt fort von dem Ichloch, das dunkel in Jakob war. Jakob starrt in die fließende Quelle hinein. Die Kraft des Wassers hält für eine Weile an und Jakob genießt seinen Blick. Er schaut und beobachtet. Im Wasser erblickt die Natur umgekehrt ihr Bild, und Jakob kann sehen, wie sich der Himmel spiegelt, flackert und immer wieder abreißt. Eiter träufelt aus seinen Augen. Jakobs Blick wird geschüttelt. Dann verstummt er.

Als Jakob wieder in der Höhle ankommt, möchte er schlafen und sich in den Tag hineinträumen. Sich erinnern, was es heißt, sehen zu können. Die inneren Bilder helfen dabei. Auch die Katze hilft. Es ist eine neue Katze gekommen, denn die Katzen kommen zu Jakob wie die Winter. Sie hat rötliches Fell, weiß Jakob, auch wenn er sie in den letzten Monaten nur hin und wieder betrachten konnte. Jakob kennt auch ihre weißen Flecken, er sieht sie mit den Fingern, wenn er die Katze streichelt. Die Katze legt sich auf Jakobs Bauch und schnurrt. Und nie ist nichts in einem Kopf, weiß Jakob. Nie ist es ganz dunkel. Ganz dunkel ist vielleicht nur der Tod, oder, denkt er. Es wird Nacht.

5. Wurzelworte

Dieser Winter, der Jakobs letzter Winter in der Höhle sein wird, dauert lange. Längst ist Jakobs Nahrungsvorrat wieder zur Neige gegangen. Er war nicht sparsam genug, hat nicht sorgsam genug gezählt. Eigentlich ist Jakob ein genauer Zähler. Es muss an den Augen liegen, an der Müdigkeit, die über Jakob geschwappt ist im letzten Jahrzehnt dieser Blindheit. Jakob steht auf und geht vor die Höhle, tastet sich mithilfe der Sprache der Rinde weiter zum Beginn des Platzes vor der Höhle. Drei Meter entfernt von der größten der Tannen, weiß Jakob. Es ist ein Ort, an dem die Wurzeln gut sind. Jakobs Hände graben den Schnee fort, der Schnee schneidet.

»Geh«, sagt der Schnee zu Jakobs Händen.

»Ich brauche die Kraft der Wurzeln«, antworten Jakobs Hände schaufelnd.

Jakob gräbt im Schnee nach Wurzeln, es ist ein mühseliger Prozess.

Endlich finden die Finger Halt. Jakobs rechtes Auge schaut vorsichtig, kommt ein wenig zu Hilfe.

»Ich stärke dich«, sagt da eine Stimme, und es ist die der Wurzel.

Jakob reißt, ruckelt ein wenig, kippt fast nach hinten. Sein Körper ist geschwächt vom Hunger. Schließlich zieht er das lange, schlangenartige, harte Gebilde aus der Erde und stopft es gierig in den Mund. Jakobs Atem ist hechelnd, seine Augen rot und blutunterlaufen, er spürt die verletzte Farbe. Für einen Moment ein namenloser Schmerz, denn es hat wieder zu schneien begonnen. Jakob merkt, wie mit jeder Kaubewegung seine Kraft schwindet. Die Wurzel ist hart und zäh und nicht sehr nahrhaft.

»Danke«, sagt Jakob zu der Wurzel, als er den letzten Rest geschluckt hat. Dann sinkt er zusammen.

Momente vergehen. Jakob kann sich nicht mehr bewegen. Er kreist sich aus, legt sein Frieren zu den Winden, streut sich in die Stille. Jakob wird zu den Winden und die Winde haben keine Kälte. Alles ist gut. A. Die Geheimnisse der Winde klingen blau. Jakob liegt im Schnee und hat keine Kraft mehr. Doch der Schnee heilt und er schneidet nicht mehr. Er ist weich und berührt.

»Danke«, sagt Jakob zum Schnee.

»Ich decke dich zu«, sagt der Schnee.

Jakob lächelt und schenkt sich dem Schnee, weil er so schön ist. Die Natur faltet Schatzkammern auf, überall. Die Erde ist eine Wölbung ohne Ankerung. Doch festgebunden an ihrem Grund. So weiß.

Beinahe wäre Jakob weggeschmolzen in der Dämmerung, doch dann dreht ein Schmerz ihn um. Der Schmerz heißt Kälte. Jakob weiß nicht, warum er wiederkam. Heim in die Höhle, denkt er. Es schneit noch immer. Plötzlich kann er wieder sehen. Wenn auch nur für einen Moment. Rund um ihn herum Helles. Weiß legt sich auf Weiß, so wie Erde sich immer nur zu Erde legt. Werde, wachse, werde, so steht es in die Erde geschrieben. Jakob blickt sich um, nützt den Augenblick. Die Wolken regnen sich selbst. Jakob sieht nach vorne und sein Blick tastet nach dem Himmel, da, wo er in die Schräge geht. In dem Moment sprengt das Licht wieder seinen Blick. Jakob blinzelt. Alles gehört ineinander, denkt Jakob, immer noch vertrauend. Warum nicht ich. Doch dieser Körper hier friert, so selig das Weiß ist. Und das Auge mag nicht mehr. A. A. Aschenhimmel. Jakob bläst das Denken aus. Nebelhaut überzieht die Felder. Jakob geht zurück.

6. Ohnmacht

Wieder in der Höhle. Der Schlaf will nicht kommen. Der Hunger ist zu groß. Jakob setzt sich zum Eingang und betrachtet den Himmel. Bald taucht der Mond auf. Nachtwanderin. Der Mond ist ein runder Stuhl, auf dem Jakobs Augen ruhen. Jakobs Herz zuckt. Doch hier in der Natur gibt die Atemschale Halt. Denn es schieben sich keine fremden Augen an ihn heran. Jakob kann tauchen. Tauchen in der Zeit. Die Lungen schwellen an und ab. Tücher sind die Lungen, die der Wind bauscht. Jakob atmet. Jakob hat Hunger. Jakob lebt wieder, aber er muss essen. Er atmet tief ein und aus. In diesem Moment fällt der Mond in Ohnmacht. Jakob stockt.

In dieser Nacht kommt Jakob nicht zur Ruhe. Die Natur hat ihm die Augen genommen, denkt er, und sie endgültig zur Nacht gelegt. Denn da ist kein Flackern mehr, keine Möglichkeit, auch nur kurz das rechte Auge zu öffnen. Keine Wellenbewegungen mehr zwischen Licht und Dunkelheit. Jakob schluckt, wälzt sich von einer Seite zur anderen. Im Rücken trägt er den Stachel der Angst vor Geräuschen, jetzt, wo die Dunkelheit schon so viele Stunden andauert, etwas Endgültiges in ihr wohnt. Das Feuer knistert neben ihm, aber wie lange noch? Da ist kein Schatten, kein Flackern vor Jakob. Heute und gestern liegen zusammengefaltet zur letzten Dunkelheit in ihm. Jakob kauert als Ball in seiner Höhle. Er lebt jetzt vom Schnee und isst Wolken. Kriecht immer wieder vor die Höhle. Seine Augen sind Quellenaugen. Es tropft aus ihnen. Der Tod zieht irgendwann allen die Gewänder aus und das Sehen ab. Und auch der Schlaf. Irgendwann schläft

Jakob ein. Auch das Dunkel wechselt seine Farben, ungesehen, aber laut.

Später entzündet Jakob erneut ein Feuer und liegt dann im Schein seines Schmerzes, im Flackern, bis die Katze kommt und ihr Schnurren unter der Hand vibriert. Es ist das letzte Gute, das Jakob im Moment noch hat. Zerstochen ist er wie ein Sieb. Alles tropft durch ihn hindurch. Hin und wieder ruft ihn die Landschaft, doch Jakob ist zu müde, um sich aufzurichten. Wieder sinkt er nach hinten und der Schlaf schiebt sich über ihn.

Im Traum schlagen sie Jakob eine Hacke ins Rückgrat. Er spuckt Schmetterlinge aus. Im Schnee, vor der Hütte. Jemand streut Licht in Jakobs Augen. Ist das Resi? Jakob aber will schlafen. Er will im Schnee schlafen, will Schnee schlafen, Schnee lieben und zugedeckt sein. Die Güte der Natur ist ein Blitz, spaltet den Himmel. Natur liebt grausam. Schwester Resi findet Jakob, zu einem Bündel zusammengedreht. Sie versucht, ihn zum Aufstehen zu bewegen, doch Jakob ist halb bewusstlos.

»Steh auf!«, schreit sie.

»Lass mich«, will Jakob sagen, doch aus seinem Mund dringt kein Atem.

»Und red mit mir!«

Der Schnee wird dicht und dichter, Haare hängen ihr ins Gesicht. Eine Katze maunzt, umstreift nervös und manisch ihre Füße. Resi will Jakob in die Höhe helfen, doch er schlägt nach ihr. Obwohl er kaum stehen kann, scheint eine unglaubliche Kraft von seinem Körper auszugehen. Jakob fasst sich kurz. In Jakob schreit das A. Ist das ein Traum? Jakob ist ein bläuliches Stück Wild und gleichzeitig ist er die

Axt, die dem Wild ins Genick gejagt wird. Das ist Jakob, der nicht will. Das ist ein wippender Jakob. Aus, will er sagen. Auch diesmal reicht es nur für ein A. Seine Hände schlagen blind nach Resi. Resi läuft schließlich fort.

7. Entscheidungen

Resi steht am Fenster und blickt schweigend hinaus. Die Schwester sitzt am Küchentisch. Sie hat die Lippen zu einem Strich verzogen. Im Haus, in dem Jakob aufgewachsen ist, fehlt das Wesen. Der Vater hat sich erhängt. Die Mutter ist gestorben. Agathe hat geheiratet. Eine Frau heiratet in einem Dorf wie diesem, wenn sie nicht Resi heißt und ihr Leben der Pflege der Mutter geopfert hat. Nach dem Selbstmord ihres Mannes hat die Mutter sich aufgegeben. Krebs. Resi war die hohle Hand, die die Mutter die letzten Jahre aufgefangen hat.

Agathe lebt in einem schönen Haus mit zwei Kindern. Der Mann besitzt einen großen Gutshof. Agathe hat alles. Agathe hat also Zeit zum Unglücklichsein. Resi ist müde.

»Was willst du tun?«, fragt die Schwester schließlich.

Resi zuckt mit den Schultern und blickt schweigend in den Regen hinaus. Sie hat der Schwester erzählt, dass sie Jakob besucht hat, um wieder einmal nach ihm zu sehen. Um ihm vom Tod der Mutter zu berichten.

»Sieh doch, wie er dich zugerichtet hat!«, ruft Agathe erbittert aus.

»Das hat er nicht bös gemeint«, murmelt Resi und wischt sich über die Augen.

Der Himmel weint sich selbst hinter dem Fenster. Diesmal ist es trüber Regen, kein Schnee. In den Straßen des Dorfes wird der weiße Flaum sich bald in gräuliche Soße verwandeln. Abrupt wendet sich Resi vom Fenster ab und setzt sich neben Agathe. Diese ist dünn und hager geworden. Die beiden Schwestern haben unterschiedlich auf die Zeit reagiert. Resi hat an Rundheit gewonnen, an Trägheit und

Müdigkeit. Agathes Wut hat sie fahrig gemacht, ausgezehrt. Der Mund ist verhärmt und in sich zusammengefallen. Zwei tiefe Falten durchschneiden horizontal seine Ecken.

Für einen Moment betrachtet Agathe den großen blauen Fleck, den Resi um das Auge trägt. Sie seufzt.

»Du bist zu gut. Du nimmst ihn jetzt auch noch in Schutz«, murmelt sie.

Resi schüttelt den Kopf.

»Ich glaube, er war in einer Art Halbschlaf. In einer Art Delirium. Du hättest ihn sehen sollen. Völlig ausgemergelt.«

Agathe fixiert für einen Moment ihre hart hervortretenden Fingergelenke. Dann blickt sie wieder auf.

»Wir müssen ihn von dort wegholen. Er stirbt uns«, sagt sie scharf.

Für einen Moment Schweigen.

»Er hat nur die Natur«, wispert Resi irgendwann.

Agathe steht auf, schiebt den Stuhl von sich und geht ans Fenster.

»So kann es nicht weitergehen«, sagt Agathe entschlossen, »wenn du nicht die Verantwortung übernimmst, übernehme ich sie.«

In einer raschen Bewegung zieht sie ihr Handy aus der Hosentasche. Es piepst. Resi weint still. Keine Tränen kommen. Agathe dreht sich wieder zur Schwester.

»Wie kannst du nur so sein«, murmelt sie, während sie darauf wartet, dass jemand antwortet.

»Weil's leicht geht«, sagt Resi müde.

Resi ist immer noch die vierjährige Schwester, die zum größeren Bruder hinaufschaut. Jakob ist besonders. Jakob ist der, der die Sprache der Fische spricht. Ganz anders als der Vater. Ja, Resi hat Jakob lieb. Die meisten Menschen aber halten ihre Herzen in Röhren, so wie Agathe. Sie sparen ihre

Liebe auf, bis es zu spät ist. Resi mag so nicht leben. Auch wenn sie müde ist und allein. Resi kann nicht aufhören, eine Wölbung zu sein. Resi kann stützen. Resi kann horchen. Immer noch kann sie horchen. Aber auch das bringt nichts. Denn die Schwester ist nicht erreichbar. Sie hat eine rote Wand aus Wut errichtet. Wellen der Verletzung zucken durch Agathe, als sie ins Telefon spricht:

»Ja, Hansl. Wir müssen jetzt einschreiten. Es geht um Jakob. Er wird gefährlich.«

8. Gewaltsames Entwurzeln

Jakob und die Katze liegen am Boden der Höhle. Schnee fällt in Striemen, doch Jakob schläft. Das Tier hat sich auf seinem Bauch zu einem kleinen Bündel Glück zusammengerollt. Fremde Stimmen nähern sich. Schiebegeräusche, Männer, gefolgt von Agathe, die sich ein wenig abseits hält. Alles geschieht schnell.

Ein Wald aus Armen reißt Jakob aus dem Schlaf, wildes Dunkel. Da sind Männerhände, spürt er. Sofort schießen Bilder aus der Klinik in Jakobs Kopf, beginnen zu rotieren. Ein Luftballon platzt auf, er ist rot, innen ist Jakob jetzt rot, außen kann er nichts sehen. Jakob schlägt um sich. Doch die Hände sind in der Überzahl. Sie greifen nach ihm. Jakob beißt, kratzt, schlägt aus, doch es hilft nichts. Der Luftballon platzt, der Hunger hat Jakob geschwächt. Jakob rinnt als rote Flüssigkeit in den Schnee. Er wimmert.

Die Hände ringen ihn nieder und tragen ihn zum Wagen. Agathe betrachtet die Szenerie von außen. Sie steht daneben. Sie ist die Befehlsgeberin. Der Mann Hansl und seine beiden Freunde führen alles aus. In ihrem Gesicht regt sich nichts. Sie betrachtet den Bruder, ist wieder das neunjährige Mädchen mit dem verletzten Auge. Agathe lächelt. Jetzt sind Jakobs Augen kaputt. Alles rächt sich im Leben, denkt sie, während sie zusieht, wie ihr Mann den ausgemergelten Körper auf die Rückbank das Autos hievt. Der Bruder ist nicht wiederzuerkennen. Sein Haar verfilzt und struppig, der Bart lang und ein wenig grau. Das werden sie ihm im Heim gleich abrasieren, denkt Agathe. Der Bruder ist nur noch ein Knochengerüst, ein Gerippe in stinkender

Kleidung. Halb verhungert. Seine Augen sind zwei angeschwollene Pfropfen, aus denen Eiter und Blut quellen, beides zum Teil vertrocknet. Agathe kann die Krusten kaum ansehen. Es graust ihr. So sieht Jakob aus, denkt sie, so war er immer, innerlich. Eine hässliche blutende Wunde. Sie wendet sich ab. Hansl bettet Jakob auf die Rückbank. Er leistet keinen körperlichen Widerstand mehr. Der Motor startet. Jakob spürt, dass man ihn von der Heimat trennt. Jakob schreit noch einmal, aber stumm. Als wäre der Mund voller Fische: A.

Die beiden Männer, die Hansl geholfen haben, schreiten noch einmal die Höhle ab. Das wird was geben bei der nächsten Stammtischrunde im Dorf. Und eine Stammtischrunde ist wichtig für einen Mann. Dafür muss aber auch das nötige Fressen gefunden werden.

»Was ist das denn?«, meint der eine plötzlich und hält vor einer der Zeichnungen inne.

Der zweite stößt einen Pfiff aus, der Anerkennung vortäuscht.

»Der Spinner hat überall Formen hineingeritzt. Unglaublich«, meint er.

Er streckt die Finger aus und streicht irritiert über die Strukturen und Kerben, die eindeutig mit einem Messer in die Oberfläche der Höhle geschnitzt wurden. Beide müssen für einen Moment lachen.

»Was für ein Freak«, sagt der eine.

Der andere nickt.

»Getane Arbeit, oder?«, meint der eine dann und spuckt aus.

»Ja. Gehen wir noch auf ein Bier?«, will der andere wissen.

»In Ordnung!«

Die Höhle ist jetzt wieder allein mit sich. Die Katze hat sich zurückgezogen. Tapst langsam hervor. Sie maunzt. Etwas Warmes, Weiches fehlt hier. Es wird nie mehr wiederkommen, so wie der Winter, der Herbst und der Frühling.

9. Operieren

Agathe, Resi und der Arzt sitzen in einem kühlen Sprechzimmer.

»In der Prostata Ihres Bruders wurde Krebs festgestellt«, meint der Arzt.

Resi nickt, während etwas in ihr auseinanderbricht. Eine Frau muss den Rest der Familie zusammenhalten. Das hat sie gelernt.

»Wir werden sofort operieren!«, sagt Resi.

Agathe seufzt.

»Und dann?«, möchte sie wissen.

Es klingt zweifelnd. Die beiden Hälften um Agathes Mund sind vertikal durch zwei Striche zerteilt. Risse in ihrem Gesicht, die der Tod des Vaters gebildet hat. Resis Blick wird haltlos, sucht den der Schwester. Der Arzt rückt sich die Brille zurecht und blickt die beiden an.

»Ich würde Ihnen raten, dass Sie ihn ins Altersheim bringen.«

Agathe zieht den Mund zusammen, der zu einem vertrockneten, in sich zusammengefallenen Blatt wird.

»In Ordnung!«, meint sie harsch.

Der Satz schneidet. Er sticht Resi in die Brust. Resi blickt ihre Finger an. Im Zimmer breitet sich etwas aus. Es ist rot und groß. Es heißt Wut. Es erinnert an eine Agathe, deren Auge verletzt wird. An eine Agathe, die »Krüppel, Krüppel« schreit. Diese Agathe ist klein und eigentlich weit weg, weiß Resi. Aber manchmal scheint es, als gäbe es keine Zeit.

»Das können wir nicht tun«, flüstert Resi wenig später am Gang.

»Ach ja?«, entgegnet Agathe und zieht nur eine Augenbraue in die Höhe.

»Denk daran, er hat den Vater auf dem Gewissen!«

Resi atmet tief ein und aus. Sie möchte etwas erwidern, doch dann schiebt sich das Blatt vor ihre Augen. Resi sieht die tiefen Furchen in den Mundwinkeln, sieht die kleine Agathe dahinter, mit dem verletzten Auge, die kleine Agathe, deren Geschenke immer der dämliche Bruder auspackt, die kleine Agathe, deren spinnerter Bruder sie mit Schlamm einreibt.

»Das ist so nicht wahr …«, sagt Resi.

»Er hat's nie verkraftet. Dass der Bastard ihm seine Ehre kaputtgemacht hat«, antwortet Agathe, aber es ist nicht sie, die spricht. Was spricht, trägt eine rote Farbe und hockt als Wut im Zimmer. Resi möchte etwas sagen, aber das Bild der kleinen Agathe ist zu stark. Es riecht nach Sommer, nach dem gemeinsamen Pissen in die Wiese hinterm Haus, es fühlt sich an wie Schilf, das mit bloßen Füßen niedergetreten wird. Agathe ist Resis Kindheit, so, wie Jakob Resis Kindheit ist. Resi versucht, noch mehr an Wölbung zu werden, versucht, einen Bogen zu spannen. Sie steht da, dehnt sich innerlich. Einer muss die Familie zusammenhalten. Einer muss doch. Stille.

»Ich fahr heim«, sagt Agathe.

Dann stapft sie mit laut schallenden, stöckelnden Schritten aus Resis Bild.

Es geht schnell. Einige Tage später bringen sie Jakob in den Operationssaal. Hat der Himmel Wimpern? Nein, es ist Jakobs Blick, der versagt. Die Uhr sticht halb zehn. Ewig hat Jakob keine Uhr mehr gehört. Sein Körper ist zu erschöpft, um zu schaudern. Wenn nichts mehr wird, richtet sich die Welt gerade. Jakob ist. A. A.

10. Altersheim, Steinseele

Resi betritt die Räume des Altersheims. Ein starker Geruch nach Putzmittel weht ihr entgegen. Resi schält sich aus der Jacke und sieht sich um. Dann geht sie in den Aufenthaltsraum. Ganz rechts am Fenster sitzt immer Jakob. Wie ein Leben zu so wenig zusammenschrumpfen kann. Tisch, Stuhl, Fenster und nichts. Das ist jetzt Jakobs Welt. Aber ohnehin sieht er kaum noch etwas. Und ohnehin ist er nicht da, wo die Welt ist: A. Jakob blickt aus dem Fenster. Die Sekunden sind Adern, die sich in die Zeit hinein ausstrecken, sich in ihr auflösen. Ewigkeit. Jakob taktet nichts mehr. Ein Vogel, der am Himmel vorbeifliegt. Jakob pfeift. Der Vogel setzt sich auf das Sims, springt ein wenig umher. Doch er scheint Jakob nicht zu hören. Resi aber hört ihn. Resi entgeht nichts. Lächelnd nähert sie sich dem Bruder. Jakob hat keine Haare mehr auf dem Kopf. Seine Augenbrauen jedoch sind dicht, hell und flaumig. Manchmal macht Resi sich Sorgen, wenn sie Jakobs kahlen Schädel betrachtet. Man sagte ihr, dass er auf dem linken Auge ganz und auf dem rechten fast ganz blind sei.

»Jakob«, sagt Resi.

Stille. Resi schiebt ihren Stuhl an Jakob heran. Sie blickt auf die rote Decke. Immer nur auf die rote Decke auf Jakobs Knien. Er hat ganz aufgehört zu sprechen. Er sehnt sich nach der guten Zeit im Herzensgrund. Resi ist hinter Schaum.

»Jakob«, wiederholt Resi, wie jedes Mal.

Und er sieht vage an ihr vorbei, wie jedes Mal. Jakob runzelt die Stirn. Die Schwester beobachtet, wie seine Finger sich ineinanderkrampfen. Hin und wieder stößt Jakob ein säuglingsähnliches Geräusch aus. Hoch und irgendwie wimmernd, findet Resi. Mit einer sanften Geste streichelt sie

Jakobs von flaumigem Haar übersäten Oberarm und sieht ihn an.

»Es ist Winter. Ich hab die Hütte im Herzensgrund schön eingerichtet. Wir können sie vielleicht doch mal besuchen.«

Stille.

Eine Krankenschwester kommt vorbei.

»Wie ist sein Zustand?«, fragt Resi.

Die Schwester zuckt mit den Schultern. Sie sieht aus wie ein Kasten. Der blauweiß gestreifte Kittel verstärkt diese Erscheinung noch.

»Wie immer«, murrt sie mit tiefer Stimme.

Resi betrachtet ihr Doppelkinn, das ihr beinahe über die Brust lappt.

»Also isst er«, sagt sie erleichtert.

Der Kasten gibt ein Nicken von sich. Resi atmet aus und greift nach Jakobs Hand. Jakob spürt den Druck von Händen, spürt, dass sich etwas um ihn wölben möchte, etwas Vertrautes, dessen Bild Resi heißt. Aber Jakob ist verschwunden. A. Resi bleibt ruhig, sie hält die Hand des Bruders fest. Nichts ist mehr notwendig. Es ist Winter und alles verlebt. Vorbei, was gewesen sein könnte, und Jakob nach innen gewandert. Dass das Gras morgen wieder grün ist, weiß Jakob, und es liegt eine Güte darin. Die Natur kommt ohne ihn aus. Jakob dreht den Kopf. Er spürt, dass es zu regnen beginnt. Der Vogel ist fortgeflogen. Leichtes Nieseln setzt ein. Wird stärker und stärker. Bis Resis Hand seine wieder loslässt. Der Regen wäscht den Himmel grau. Jakob gibt Frieden, legt sich in Gedanken zur Erde.

»Was für ein Wetter«, flüstert Resi und lacht, heiter, wie damals.

Resi kann nicht anders, als da zu sein. Jetzt kann sie nur mehr da sein. Als Wölbung. Ohne Antwort zu erwarten.

Aber das kann sie. So legt sie ihre Hand auf Jakobs Handrücken, langsam, zart. Harrt aus ohne Ende. Wer hat nur das Nichts im Zimmer fallen gelassen? Dieser Winter ist leer. Das Leben rinnt aus uns wie Blut, denkt Resi. Was ist schon mehr als Geben und Nehmen, Hegen und Hirnen. Früher war sie weise, heute weiß sie nichts mehr. Die Wölbungen sind geblieben. In einer Höhle schläft das Glück der Welt und lässt nichts von sich hören. Resi ist ein Kokon.

Noch ein letztes Mal durchsticht eine Hand das Nichts. Sie ritzt, tut weh, doch das ist es wert. Jakob sieht kurz nach außen: Resi. Die Wolken sind diesmal keine Segel. Sie sind Leichentücher. Resi weiß irgendwie Bescheid.

11. Sterben

Das Krankenhaus ist ein weißer Raum. Ein Sitzklo, ein Bett mit einem auf- und zuklappbaren Gitter. Sonst nichts. Die beiden Schwestern betreten das Zimmer, schweigend. Es war nicht leicht, Agathe dazu zu bewegen, mitzukommen. Jakob liegt zwischen den Laken. Ein eingefallenes helles Blatt. Die Augen geschlossen. Er ist wie immer, nicht vorhanden. Aber nun scheint auch der Körper langsam in sich selbst zu verschwinden. Der Körper isst sich auf. Resi setzt sich an den Stuhl. Es knarzt. Das Knarzen durchschneidet die Atmosphäre der Einsamkeit. Resi greift nach Jakobs Hand. Agathe steht daneben, sieht zu Boden. Zwei Falten, Kerben in ihren Mundwinkeln. Kerben der Wut. Agathe hat ein vom Leben zerschnitztes Gesicht. Zerschnitzt wie die Holzscheite, die Jakob im Herzensgrund bearbeitet hat. Strukturen. Jakob zwinkert. Er spürt Wärme in den Fingerspitzen, spürt einen Bogen, der ihn in sich selbst abschließt: Resi. Sein linkes Auge flackert, das rechte sieht noch ein wenig. Welt hinter Schleiern. Da stehen sie also, die Schwestern.

»Ich hab ihn immer verstanden«, murmelt Resi.

Agathe steht schweigend da und knetet ihre Knöchel. Ausgezehrt ist sie, dünn und hohl. Wieder knarzt der Stuhl. Das Ticken der Uhr ist die einzige Sicherheit.

Jakob öffnet und schließt den Mund.

»Will er doch noch reden?«, flüstert Resi und kommt mit ihrem Ohr nahe an Jakobs Mund heran.

Resis Ohr lauscht, möchte den Laut auffangen, doch es dringt nur der Atem aus seinem Mund. Er kitzelt Resis Ohrläppchen. Ihre Haarsträhnen bewegen sich, kaum merklich.

»Wie ein Fisch schaut er aus«, meint Agathe. Doch es klingt nicht mehr wütend.

»Ja«, gibt Resi zu, »das wollte er doch immer sein!«

Die beiden lächeln einander an. Resi tritt an Jakobs Bett heran und greift nach der einen Hand. Zögerlich nimmt Agathe die andere Hand in die ihre. Nun bilden die drei Geschwister eine Art Kreis. Das Summen der Maschinen wird plötzlich sehr laut hörbar. Schweigen, Stille. Nur das Licht, das in den Raum dringt. In Jakob aber beginnt etwas zu würgen. Sein Blick erkennt die weiße Atmosphäre, erkennt Schläuche. Das Bild der Klinik taucht wieder vor seinem inneren Auge auf. Zwangsernährung. Jakob kann nicht mehr atmen. Schließlich öffnet er kaum merklich den Mund, schnappt nach Luft und flüstert:

»Aus!«

Er ist nur noch Kaulaut und müde Augen, die durch Schleier eine Welt betrachten, die sie nicht mehr wahrnehmen können. Jakob will keine Menschen mehr sehen. Er will ihnen nicht mehr sein Zerbrechen zumuten. Was tun sie schon damit. Zu stark dieses Licht. Wie in die aufgehende Sonne geflogen und verbrannt. Jakobs Augen schmerzen. Dann schließt er die Lider, zieht die Vorhänge zur Welt zu. Innen ist ein Loch, ein Sog, der ihn tiefer und tiefer hinabzieht. Jakob kennt das schon. Wie das sein muss, wenn der Körper bricht. Wie vor der Geburt vielleicht. Ins Wasser getaucht. Eis, das in der Hand langsam schmilzt.

Die Welt wirft nun nicht mehr ihr Bild auf Jakob zurück. Er sinkt. Fliegen ist sinken lassen, das hat er von den Vögeln gelernt. Aus. Aus hier. Jakob gehört woanders hin. Fäden ziehen an ihm, ziehen ihn in die Höhe, nach rechts. Dorthin, wo kein Auge erreichbar ist. Der Tod steht im Zimmer und will getröstet werden. Doch das weiß nur Resi. Sie hält ihre

Augen offen und fängt damit das Wort ein. Fast so, als wäre sie eine Höhle. Oder eine Geborgenheit. Die Mundwinkel zucken. Der Mund bleibt offen: Aus.

12. Reste

Heute trägt sogar die Sonne Falten für Resi. Schweigend geht sie mit der Schwester den Weg zum Herzensgrund ab. Sie will etwas sagen, aber die Worte drehen sich in ihren Atem zurück. Jakob hat mit der Stille die Kraft der Planeten um sich geschart, denkt Resi. Aber jetzt ist nur noch trauriges Schweigen. Der Tod. Und es ist wahr, denkt sie, man kann nichts behalten.

Resi sieht Agathe an, die schweigend neben ihr hergeht. Doch die beiden haben verschiedene Einsamkeiten. Seufzend blickt sie sich um. Der Herzensgrund. Noch wächst das Korn, das Jakob angepflanzt hat. Eine Katze streift darin umher. Ein Tag wie jeder andere. Resi erinnert sich an Wölbungen und Höhlen, an Strukturen, die in Holzscheite geschnitzt wurden. Sie erinnert sich an einen Jakob, der auf und ab wippt. An einen Jakob, der stumm wie ein Fisch ist und mit dem Mund nach den Lauten der Natur schnappt. Wie sie den großen Bruder einerseits bewundert hat, denn er war der Ältere. Andererseits dieses Gefühl von Macht und Verantwortung. Niemand in ihrer Familie hat Jakob geliebt, nur sie. Resi fällt die Mutter ein. Wie ihr Blick nach innen gekippt ist, nachdem der Vater sich im Heustadel erhängt hat. Vom Vater ist nur die Erinnerung an einen Geruch nach fauligen Trauben geblieben.

»Ein lauer Wind weht heut, was?«, meint Agathe.

Und es klingt so, als würde sie zum ersten Mal etwas Wahres sagen.

»Ja.«

Resi nickt.

»Wer das wohl erben wird?«, möchte Agathe wissen und deutet mit ihren Händen über das weite Areal.

»Ach.«

Resi zuckt mit den Schultern und lächelt. Was kümmert es sie. Sie möchte umkehren, nach Hause, eine Tasse Tee vielleicht, der Wind schneidet. Aber das hier muss zu Ende gebracht werden. Resi setzt sich auf das Stück Erde, auf dem früher die Hütte stand.

»Was machst denn da?«, fragt Agathe, wieder unwirsch.

»Bisschen noch still sein«, murmelt Resi.

Schweigen.

»Kannst gehen«, fügt sie hinzu.

Die Schwester nickt und eine der ergrauten Haarsträhnen fällt ihr in die gefurchte Stirn. Die Wut hat Agathes Gesicht zerschnitten mit den Jahren, denkt Resi. Sie zieht die Beine an den Bauch und blickt der Schwester nach, die sich umdreht und langsam in der Landschaft verschwindet. Die dürren Beine sehen aus, als würden sie stochern. Die Unzufriedenheit hat Agathe ausgezehrt, denkt Resi und seufzt. Lange sitzt sie da und betrachtet die Gräser beim Wippen, beim Zittern im Wind. Auf einmal sind die wippenden Gräser und der wippende Jakob eins. Resi sieht keinen Unterschied mehr. Die Gräser verschwimmen, die Zeiten schieben sich ineinander. Vor Resis Augen zerrinnt das Bild. Sie legt den Kopf in die Hände. Dann ist sie lange still.

Geräusche. Resi blickt auf und sieht sich um. Dann lächelt sie.

»Du bist es!«, flüstert sie leise.

Mit tapsigen Schritten nähert sich eine Katze. Wo ist Jakob, wird sie sich vielleicht fragen. Resi dreht den Kopf ein wenig zur Seite und sieht plötzlich eine kleine Schar von Jungen, die etwas versteckt hinter einem kleinen Erdhügel dicht zusammengedrängt auf einem zerschlissenen Stück Stoff im Gras liegen. Fellknäuel, die kaum noch die Augen öffnen können. Die Katze legt sich zu ihnen und beginnt, ihre Körper zu lecken.

13. Frühling sein

Der Himmel fasst alles zusammen. Ohne Jakob wird wieder Frühling sein. Auf den höchsten Bergen werden die zartesten Blumen wachsen. Ein Traum wird sein Schloss aufblasen, so wie jedes Jahr.

Andere haben ihre Lieder, wieder andere wiegen ihre Kinder. Ohne Jakob wird Frühling sein. Resi wird Jakob innerlich an der Hand nehmen, wird dem Frühling ins Gesicht lachen. Jakob ist das zitternde Gras. Jakob ist die Fische im Wasser. Jakob ist der Herzensgrund. Jakob blickt Resi an, wie sie dasitzt und die Katze auf dem Bauch hält. Sie zart hinter den Ohren krault. Wie in ihrer Kindheit ist Resis Hand eine Wölbung, in der der Friede schläft. Jakob muss lächeln und schließt dann die Augen. Es ist, als wäre er hineingewachsen in das Bett, denkt Resi, als sie sich an den sterbenden Jakob erinnert. Er ist darin verschwunden.

»Ich bin da«, sagt Jakob.

»A«, sagt Jakob.

Aber was ist eine Sprache. Resi sieht ihn nicht. Resi streichelt die Katze. Ohne Jakob wird Frühling sein, sagt sie sich, und als das Bild vor ihren Augen wieder zu zerrinnen beginnt, noch einmal: Ohne Jakob wird Frühling sein.